蒐集者《コレクター》
ミンク　原作
雑賀匡　著
杉菜水姫　原画
PARADIGM NOVELS 137

登場人物

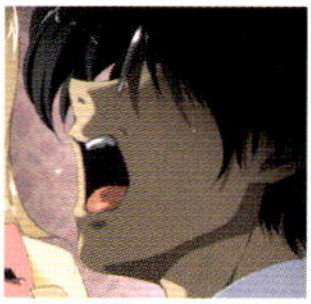

北《きた》田《だ》祐《ゆう》二《じ》

帝國物産に勤めるエリートサラリーマン。美しいものを愛し、コレクションすることを趣味としている。

木《き》原《はら》夕《ゆう》貴《き》

祐二の部下である新人ＯＬ。仕事ができ人当たりもよいので、社内では人気がある。現在は親元を離れ、一人暮らし。

恋《こい》ヶ《が》窪《くぼ》まりん

バラエティ番組などで人気を集めている、売り出し中の若手アイドル。性格、言動ともに子供っぽいところがある。

一条《いちじょう》恵《え》美《み》子《こ》

一条財閥のお嬢様。裕福な家庭で何不自由なく育ったため、謙虚さを知らない。だが愛犬を溺愛する、心優しい一面も。

PART3 恵美子

PART4 夕貴

目次

プロローグ

FROM:Mephisto　To:Hades
Subject:満足してもらえたかな？

いよいよだな、ハデス。
どうかな？
キミのために見つけたその屋敷の住み心地は？
望みのものはすべて揃《そろ》っているはずだよ。
そこで、君の力を存分に発揮してくれ。
例の品評会は一ヶ月後だ……。
結果を楽しみにしているよ。

私はメールを読み終えると、革張りの椅子《いす》に身体《からだ》を預けるようにグッと沈み込んだ。
彼は本当に約束通りのものを用意した。
広大な土地。美しい佇《たたず》まいの屋敷。
これ以上はないというほどの環境だ。
ここでなら、彼と約束した最高のコレクションを作り上げることができるだろう。
私は思わず込み上げてくる笑いを抑えられなかった。

プロローグ

彼との出会いは、今後の私の運命を大きく変えることになるかも知れない。

そう……あれは一週間前のことだった——。


室内には数十人の男たちがいた。

互いに素顔を晒《さら》さないように、誰《だれ》もが奇妙な仮面を被《かぶ》っている。

その多くは恰幅《かっぷく》のいい年輩の者であったが、中には私と同じように若い者も数名は交じっていた。共通しているのは、この場にいる全員が裕福な暮らしをしている上流階級の者ばかりということだろうか。

ここは副都心にあるインテリジェントビルの一室である。

本来なら多くの企業がこのビルに入居して、不夜城である東京の一角を担うことになったのだろう。だが、バブル崩壊に伴って建設は途中で中止され、再開の目途《めど》が立たないまま放置され続けていた。

それ以来、荒れ放題になっているようだが、大っぴらにできない会合には打ってつけの場所だと言えるだろう。

もっとも、名士と呼ばれる者たちを招待するのに荒れたままというわけにはいかないのか、この部屋だけは豪華な内装が施されている。

私は、改めてホテルのホールほどもある室内を見まわした。

壁や床に設置されたパネルには、数々の美術品が展示されている。

マネ、モロー、ドガ、ピカソ、ルノワール――。

本来なら美術館でしかお目にかかれない数々の名画が、このような荒れたビルの一室に集結しているのは奇妙なものだ。

だが、この名画たちこそが今日の主役であった。

まっとうに取引のできない美術品の売買。

それがこの人目を避けるように開催されたオークション会場の目的なのだから。

会場のあちこちでは、すでに好事家たちが売り主と値段の交渉を開始している。

ここに集まったすべての品がオークションにかけられるというわけではなく、直接交渉して買い取ることも可能なのだ。

集まった蒐集者《しゅうしゅうしゃ》の多くは、目の色を変えて目的の品に見入っている。

あさましい姿に見えなくもないが、コレクターとは本来そういうものだ。

かくいう私も、そのひとりに違いない。今までに集めた美術品は数十点に及び、そのどれもが一流と呼ぶに相応《ふさわ》しいものばかりである。

今回のオークションでは、数十分前からゴッホのものと思われる一枚の絵に目を奪われ続けていた。

プロローグ

「それに目をつけるとは、なかなかよい目をしているね」

「……？」

不意に、ひとりの男が私に話しかけてきた。

年輩の者が多い会場ではめずらしく若い男だ。

私と同年輩くらいだろうか？

「そいつはかなり初期の作品でね。アルル時代よりも以前に描かれたものだろう」

「ほう……」

私は目の前の絵と男を交互に見比べた。

察するに、男はこの絵の持ち主なのだろう。自分が出品した作品に目をつけた私に、思わず声をかけたというところか……。

「これはいくらだ？」

私はいきなり値段を訊《き》いた。

こういう会場ではかなり不作法なやり方だ。現に私の声を聞いた何人かが、眉《まゆ》をひそめてこちらを見つめている。だが、構うことはない。私はこの目の前の男がどういう人物なのかを知りたかっただけなのだ。

「買ってもらえるのかい？」

私の振る舞いを気にした様子もなく、男はニヤニヤとした笑みを浮かべている。

「値段が折り合えば……の話だがね」

「なるほど」

男はスーツのポケットから白紙の紙を取り出すと、そこに万年筆ですらすらと何桁《なんけた》かの数字を書き入れた。

「これでどうかな？」

男が私に示した数字は破格のものであった。これがゴッホの真作なら、ほとんどタダ同然の値段だろう。

「……本気なのか？」

「これはほんの挨拶《あいさつ》代わりさ」

そう言うと、男は辺りを見まわしながら声をひそめた。

「本物が分かる審美眼を持つ者がいなくてね。なかなか分かっている人物に会うと、ついサービスしたくなるものなのさ」

「気前がいいんだな」

「なに、ゴッホならまだ家に数点ある」

あっさりと言い放った様子からすると、どうやらかなりの資産家らしい。それとも、親の金で遊び歩いている道楽息子なのだろうか。

どちらにしても、金と暇をもてあましている人物であることは間違いないようだ。

プロローグ

「君は……どこかの富豪の跡取りか？」

「おっと、それは訊かないのがルールだろう」

「ああ、そうだったな」

　私は自分の不注意を恥じた。ここでは相手の素性について詮索《せんさく》するのはタブーだ。そのために、わざわざ素顔を隠すための仮面までつけているのだから……。

「もっとも、ここに集まっている者の大半は互いのことを知っているがね。知った上で、わざと素知らぬ顔で会話を交わしているのさ」

　男はそう言って片目を閉じた。

　動作がいちいち大げさで、なんだか芝居がかったやつだ。

「たとえば……君は北田《きただ》祐二《ゆうじ》。その若さで帝國《ていこく》物産の課長であり、将来を嘱望されたエリートサラリーマンだ。家は特別な資産家というわけではないが、会社から与えられている高給の他にも、片手間でやっている株や投資でかなりの額を稼いでいる」

「な……」

「ついでに言えば、美しいものには目がない美術品の蒐集者でもある」

　的確な指摘に私は思わず言葉を失ってしまった。男の言ったことはすべて事実であり、私を驚愕《きょうがく》させるには十分であった。

　だが……。

「驚くには値しないよ」

男はこともなげに言った。

「この会場に入るには、身元がはっきりした者でなくてはならない。ボクはこの会の主催者から、君に関する情報をちょっと聞き出しただけだからね」

「相手の素性は訊かないのがルールじゃないのか？」

私は軽く威嚇するように男を睨《にら》みつけた。

いくら商品を出品しているからといって、主催者側が簡単に客の情報を漏らすとは考えにくい。おそらく、この男は金か権力にものを言わせて無理やり聞き出したのだろう。

「おっと、そんな恐《こわ》い顔をしないでくれよ。君に興味があったものでね」

「私に？」

「君の審美眼を見込んで、ひとつ提案したいことがあるんだ」

これが本題だと言わんばかりに、男は私を会場の隅にあるテーブルに誘った。

席に着くと同時に、会場をうろついていたボーイがすかさず飲み物を差し出す。薄いグラスに入ったマティーニだった。

「ボクのことは『メフィスト』と呼んでくれればいい」

グラスに一口だけ口をつけると、男は最初にそう言った。

「メフィスト……？」

「友人になるのなら、やはり名前が必要だろう」

「友人……か」

私はひそかに溜《た》め息《いき》をついた。

強引な男だ。自らの正体を明かそうとはせず、仮名のままでぬけぬけと友人になろうというくらいいなのだ。こちらがどう思おうと自分の思い通りにことを進めるタイプだろう。

「では、私の方も本名は忘れて『ハデス』とでも呼んでもらおうか」

「……ハデス、か」

私の申し出に、男——メフィストはニヤニヤと笑った。

「いいだろう、これからは君をハデスと呼ぶことにするよ」

「それで……私に提案があると言ったな？」

私の言葉にメフィストは大きく頷《うなず》いた。

「君はかなりのコレクターのようだが、そのコレクションの中に生身の女性を加えるつもりはないかい？」

「生身の女？」

「そうさ。生身の女を調教し、完璧《かんぺき》な牝奴隷《めすどれい》として自分のコレクションにするんだ」

「ほう……」

メフィストの言葉に、私はかねてより抱き続けてきた野望を思い出した。

……私は幼い頃《ころ》からライバルたちを蹴落《けお》として、常に人の前を走り続けてきた。

地位、名誉、金……そして、女。欲しいものはなんでも手に入れてきた。それがエリートの証明であり、勝つことであると信じ続けてきたのである。

だが、すべてを手にしたというのに、私はいつも満たされぬ思いを持ち続けていた。

世の中には、私の神経を苛立《いらだ》たせる無能で醜悪なやつらが多すぎる。そんな連中から逃れ、誰にも邪魔されない価値ある時間を持ちたかったのだ。

そんな私は、ある時期から美術品に傾倒していった。本当の美しさを求め続け、心の餓《う》えを満たすかのように、数多くのコレクションを蒐集した。

だが、美術品を蒐集するだけではものたりない。

美術品だけではなく……そう、自分が最高と思える女を牝奴隷に仕立て上げ、コレクションに加えるのだ。そして私だけの理想の王国を作り、その女たちと共に暮らす。

それが……いつしか私の心に芽生え始めた野望である。

その素晴らしい夢が実現できるなら、是非ともメフィストの提案に乗ってみたいものだ。

そんな私の気持ちが伝わったのか、メフィストは身を乗り出して話を続けた。

「実は社交界の裏には、年に一度牝奴隷の品評会がある。そこには毎年多くの女が出品され、美しさや振る舞いに価値がつけられるんだ」

「品評会……か」

金をもてあましている連中の考えそうなことだ。

どうせ貧しい家の娘をペットでも飼うかのように買ってきては、調教を加えて自分専用の娼婦《しょうふ》に仕立て上げているのだろう。

それを品評会で評価しようなどとは……露悪趣味もはなはだしい。

だが、私は嫌悪感を感じると同時に、メフィストの話に興奮している自分に気付いた。

私ならどんなコレクションに仕立て上げるだろうか……と。

「その品評会では、未《いま》だに最高評価である『A評価』を受けた者がいないんだ。いくら金をかけても、最高のものが作れるとは限らないからね」

「なるほど……」

それはそうだろう。見る目やセンスのない者が、いくら絵筆を動かしたからといって、名画が描けるわけではないのと同じ理屈だ。完全な牝奴隷を作り上げるには、それなりに美しさを知る者でなければならない。

そのことを口にすると、メフィストは同意するように頷いた。

「うん、君には確かに本物を見ぬく目があるようだ。そこでどうだろう？　もしよかったら……ボクが君の夢の舞台を用意しようではないか」

「舞台？」

「屋敷を一軒提供する。そこで、品評会で見事A評価を取れるほどの素晴らしいコレクションを作ってみたらどうだい？」

更にメフィストは、資金や情報など必要なものはすべて揃えると明言した。

私からすれば気味が悪いほどの好条件だ。

「それほど興味があるのなら、自分でやればいいんじゃないのか？」

「ボクも何度か挑戦はしているんだが、なかなかこれが難しいものでね」

私の言葉に、メフィストはおどけるように肩をすくめた。その様子から察するに、品評会でA評価を受けるというのはかなり難しいことのようだ。

「君なら真に素晴らしい原石を探し当てて、最高のコレクションに仕上げられるだろう」

「……かも知れないな」

私は苦笑して頷いた。

無論、根拠などはなかったが、何故《なぜ》か私には最高のものを作り上げることができるという自信があった。これが冗談でなければ、メフィストの提案を受け入れてもよいと無意識のうちに考え始めたほどだ。

「ボクはとにかく見たいんだ、真に……素晴らしいコレクションをね。だから、君にそれを実現してもらいたいんだ」

メフィストの熱意はかなりのもので、私が思わず同意してしまうほどであった。

もっとも、その時は完全に彼の話を信用したわけではない。いくらなんでもそれだけの手間暇をかけてコレクションを作り上げるなど、道楽者の夢物語だと思っていたからだ。

だが、メフィストは本当に屋敷を用意した。

この屋敷が提供された時、さすがの私も身が震えたものだ。メフィストの意気込みが本物であることを再認識すると同時に、ここなら間違いなく私の野望が実現できる……と。

あれから色々と調べてみたが、メフィストはやはり某財閥のひとり息子らしい。社交界でもかなりの変わり者で、遊びには金品を惜しまない人物のようだ。

私から見れば単に世間知らずの馬鹿《ばか》なお坊ちゃんだが、おかげで最高のチャンスを手にすることができたというわけだ。

せいぜいこの屋敷は有効に使わせてもらうことにしよう。

私はキーボードに指を走らせて、メフィスト宛《あて》に返信文を書いた。

FROM:Hades　To:Mephisto
Subject:ありがとう

この屋敷は本当に気に入ったよ。

まさに注文通りで、自然も設備もすべて完璧だ。

これなら邪魔が入らず、私の理想を叶《かな》えられるよ。

期待通り……最高のコレクションを作ってみせるさ。

楽しみにしてくれたまえ。


メールを送信すると、私はパソコンの電源を落とした。

さて……これからは忙しくなる。

面倒な返答メールはこれきりにして、明日からは最小限の連絡メールだけでいいだろう。

さっそく行動に移らなければならない。幸いなことに、先日までのプロジェクトを成功させた報酬として、会社からは一ヶ月間の休暇を与えられているのだ。


さあ、コレクション蒐集の始まりだ。

PART 1

躾

記念すべき最初のコレクションとなる女性を誰《だれ》にするか……。

実は、メフィストの提案に乗った時点ですでに決めていた。

その女性の名は木原夕貴《きはらゆうき》。

会社での私の部下だ。人懐っこい性格で社内でも人気が高い。その容姿もなかなかのものだが、まだ新人でありながらテキパキと仕事をこなす優秀な女性でもある。

私のコレクションのひとつとするのに相応《ふさわ》しい素材だ。

まずは、夕貴を私の欲望の世界へと誘《いざな》うことにしよう。

「さて……」

私は屋敷の一室で、パソコンの画面に向かって夕貴のデータを見つめた。

部下であり、ずっと密《ひそ》かに観察を続けてきたのだから、わざわざメフィストに情報を提供してもらう必要はない。彼女に関するデータはすでに入手済みだ。

問題は、どうやって彼女をこの屋敷へ招待するか……だが。

「うむ……これが問題かな」

私はひとりごちて、パソコン画面に表示された夕貴の画像を見た。以前にデジカメで隠し撮りしておいたものだ。

多くの同僚に囲まれて、にこやかな笑顔を浮かべる夕貴。

誰からも好かれ、常に人の視線の中にある彼女を拉致《らち》するのはかなり難しいことかも知れない。日常において、夕貴がひとりになる機会は極めて稀《まれ》なのだ。

おまけに、彼女は良識ある節度と女性特有の危機感を常に持っている。

私が見る限り、決してつき合いは悪くないが、羽目を外したことは一度たりとない。一緒に飲みに行ったとしても、ちゃんと切り上げるポイントをわきまえているのだ。

現在、夕貴は都心の女性向けマンションでひとり暮らしをしている。セキュリティシステムの完備された部屋で、かなり安全性は高い。

通勤時も人目のある場所しか通らないという徹底ぶりだ。

「やれやれ……」

私は思わず溜《た》め息《いき》をついた。

危険を冒さず彼女を手に入れるのは至難の業かも知れない。いっそのこと、終始彼女を見張っていて、ひたすらひとりになる機会を待つべきか？

……いや、それではあまりにも時間がかかりすぎる。

迅速かつ確実に彼女を奪うには、待つだけでは駄目なのだ。

待つだけでは……。

「……そうか」

難しく考えすぎて、当たり前のことを忘れていた。ひとりにならないのであれば、なるように仕向ければよいだけのことではないか。

幸い、彼女は上司としての私を信頼している。

それなりの口実さえあれば、呼び出すことも可能だろう。

私は頭の中で、彼女を呼び出す理由とその後の手順を素早くイメージした。仕事で相手を出し抜くことに比べれば容易なことであったが、万が一の失敗も許されない。

何度もシミュレートを繰り返し、計画を完璧《かんぺき》なものへと近付けていく。

「ふふ……ふふふ……。よし、作戦は決まった」

思わず笑みが浮かんだ。

百戦錬磨の企業人に比べれば、小娘ひとりを騙《だま》すなど造作もない。籠《かご》の中の鳥を追いつめるようなものである。

さて……夕貴くん。君をこの屋敷に招待するとしよう。

栄誉ある私のコレクション第一号としてな……。


「課長〜！」

翌日、会社近くの駐車場で待っていた私の前に、夕貴が駆け寄って来た。素早く辺りを見まわすが、彼女についてきている者は誰もいない。

どうやら作戦は成功したようだ。

「夕貴くん、来てくれたか」

私は精一杯の笑顔を浮かべて夕貴を迎えた。

「はい。言いつけ通り、誰にも気付かれないように……こっそりと抜けてきました」

夕貴はそう言って微笑《ほほえ》みながら、はい、と私に万年筆を差し出した。

この万年筆が、彼女ひとりだけを呼び出す小道具であった。

午前の仕事が終了する時刻を見計らって、私は夕貴の携帯に電話をかけた。仕事中は電源を切っているが、昼休みは友達からかかってきた電話を受けられるようにしていることを知っていたからである。

電話に出た夕貴に、私は自分の机に置いてある万年筆を届けてくれるように頼んだ。

もちろん、忘れ物などして恥ずかしいので、他の者にはくれぐれも内緒にしてくれ……と、つけ加えるのも忘れなかった。

幸いと言うべきか、私は日頃《ひごろ》から部下に厳しく接していたので、「恥ずかしい」という言葉が功を奏したようだ。夕貴はクスクスと笑いながらも、私の思惑通り、誰にも言わずにここまで来たようである。

「悪かったね、私用を頼んでしまって」

「いえ、手間がかかったわけではないですし……」

「これからお昼だろう？　届けてもらった礼に、昼食をご馳走《ちそう》しよう」

「そんな……気にしないでください」

私の申し出に、夕貴は恐縮したように首を振った。

だが、ここで帰られてしまっては元も子もないのだ。

「いや……そういうわけにもいくまい。私はこう見えても律儀でね。部下に貸しを作ったままでは寝覚めが悪いんだ」

少しおどけてみせると、夕貴は表情を和らげた。

「休み時間はまだ十分に残っているだろう。ここから車で五分ほどの場所に、美味《うま》いパスタの店がある。そこでランチというのはどうだい？」

「あ、わたし……パスタは大好きです」

「なら、試す価値は十分にある。ラビオリなんて、中に詰まった挽肉《ひきにく》とチーズが絶妙でね。コンキリエもミートソースとよく絡んでオススメだよ」

「ホントですか？　わぁ……なんだか聞いてるだけで美味《おい》しそう」

「だろう？　だったら遠慮せず来たまえ」

「……そこまでおっしゃってくれるなら、ぜひご馳走になります」

「よし、そうと決まれば車に乗ってくれ」

夕貴が頷《うなず》いたのを確認すると、私は駐車場に停《と》めておいた車へと促し、素早く助手席のドアを開けた。彼女は少し戸惑うような表情を浮かべたが、私のエスコートに従ってシートに腰を下ろした。

次いで、私も運転席へと滑り込む。

ドアを閉めた途端、思わず笑いが込み上げてきた。ここまで来たら逃れる手段はない。

もう彼女は、籠の中の小鳥も同然だ。

ついに夕貴が……私の手の中に落ちた！

「でも偶然ですね。課長もパスタがお好きだなんて」

「ああ……そうだな。本当に……ふふふ……」

「……？」

私が笑みを浮かべている様子を、夕貴は首を傾《かし》げて不思議そうに見つめた。

「あ、そうだ。ダッシュボードに入っているカプセルを飲んでおくといい。パスタがとても美味しく食べられる魔法の薬が入ってる」

「なんですか……それ？」

「漢方みたいなものだ。パスタも意外と脂っこいからね。食前にそいつを飲んでおくと、あとの具合がいいのさ」

「そうなんですか？　へぇ～知らなかった……そんなものがあるなんて。課長って色々と知ってらっしゃるんですね」

夕貴はそう言いながらダッシュボードを開け、漢方薬のパッケージに包まれた薬のビンを取り出した。

「一緒にミネラルウォーターがあるだろう。それで飲むといい」

「ありがとうございます。それじゃ……」

夕貴はビンから薬を一粒取り出すと、なんの疑いもなく飲み込んだ。

くくくっ……素晴らしい。まさにシミュレーション通りにことが運んでいる。

「課長……？」

ジッと自分を見つめている私を不審に思ったのか、夕貴が訝《いぶか》しむような表情を浮かべた。

私は口元を歪《ゆが》めたまま、車を発進させると彼女の方を見ずに言う。

「それでは、目的地に着くまでゆっくりと寝るといい」

「寝る？　だって、五分で着くんじゃ……あ……な、なに……？」

彼女の声が急速に力を失っていく。

まあ……当然だろう。外見は漢方薬に見えるが、彼女に飲ませたのは即効性の睡眠薬だ。

それこそ五分も経《た》たないうちに眠りに落ちるだろう。

「か、課……長………？」

「おやすみ……夕貴くん。次に会う時、君は私の……」

「……ん………」

「ふふふ……ふははは」

ぐったりとなった彼女を乗せ、私は大きな声で笑いながら車を走らせ続けた。


「ん……」

夕貴の麻酔が切れたのは、屋敷に用意した彼女用の部屋に着いて間もなくであった。

クイーンサイズのベッドの上で、夕貴はうっすらと目を開ける。

「おはよう……お目覚めかい。お姫様」

「あ……か、課長!?　え……ここは……」

夕貴は、まだ朦朧《もうろう》とする頭を振りながら身体《からだ》を起こすと、戸惑うように辺りを見まわした。ベッドや重厚な調度品が置かれているが、室内にはひとつも窓がない。

その異様な光景に、夕貴は訳が分からず困惑の表情を浮かべた。

「あ、あの……」

ゴオオオォン！

部屋にある壁時計が、夕方の時刻を告げる。

「え……や、やだ！　こんな時間!?　早く会社に戻らないと……」

「もう遅すぎる。諦《あきら》めた方がいい」

「諦めるって……とにかく、会社に連絡しないと」

夕貴はそう言って自分の周りを探ったが、持っていたバッグはもちろん、服以外のものはすべて奪ってあった。

「君の携帯なら、私が預かっている」

「えッ……ど、どういうことですか？」

「だって面倒だろう？　そんなもので外部に連絡を取られたら、せっかくの計画が水の泡になってしまうじゃないか」

「け、計画……？　一体なんの話を……」

夕貴の表情がみるみるうちに強張《こわば》ってきた。ようやく、自分の置かれている状況に対して、恐怖と不安が込み上げてきたのだろう。

ふふふ、素晴らしい……いい表情だ。

「そろそろ察しくらいはついただろう」

「え⁉」

「これがどういう状況なのか……だ」

「…………………」

夕貴の顔が緊張で更に歪んでいく。

おそらく、頭の中では最悪の想像をしているのだろう。だが、現実はその想像通り……いや、もっとシビアかも知れない。

「か、帰して……私をここから、帰してください！」

「そいつは無理だ。君の言うことを聞くわけにはいかないな」

「どうしてです⁉」

「すでに『お前』は私のものなんだ。今日から、私の素晴らしいコレクションのひとつとなったのだよ」

「コレク……ション⁉」

「心から歓迎するよ、夕貴」

「い、いや……いったい……なにを言ってるんです？」

私の言葉が信じられないかのように、夕貴は力なく首を振った。

「しかし、お前はまだ宝石の原石でしかない。だから、私のコレクションに相応しく磨き上げてやろう。躾《しつけ》は厳しいが、すべてが終わった時……きっとお前は本当に素晴らしいダイヤに生まれ変わるだろう」

「か、課長……」

はっきりと明言したにもかかわらず、夕貴は、まだこれが現実だと受け止められない様子だ。いや……あるいは受け止めたくないのだろう。

震える身体をなんとか抑え、私の目を見つめ返している。

「じ、冗談は……もうやめてください！　お願いですから、ここから帰してください！」

「ここから帰る……だと？」

「課長はとても誠実で……仕事熱心で……こんな悪戯《いたずら》する人じゃないです。冗談……ですよね？　ただ私をからかってるだけなんですよね？」

夕貴はベッドから下りると、そう言って私に近寄って来た。

「………………」

なんだか、こんな不毛な問答も面倒になってきた。

こんな状況下に置かれているというのに、なおも夕貴は、すべてが私の悪戯であって欲しいと信じ続けて……いや、願い続けているのだ。

「今日のことは、誰にも言いません！　だから課長……私をここから……」

「ふざけるな！」

いい加減に腹が立った私は、夕貴の腕を掴《つか》んで、その身体を壁へと押しつけた。

「ヒィッ!!」

「冗談……冗談だと？　いつまで寝ぼけている！　あいにくと私は冗談が嫌いなんだよ。それは知っているだろう!?」

「そ、そんな……」

「だいたい、お前に私の批評などして欲しくもない。お前は私のもの……。評価するのは、私の方なのだ！」

まったく……。

自分の身のほどを理解できないような愚か者には、徹底的な躾が必要だな。

夕貴は単に私のコレクションに過ぎないのだ。よって、私の言うことにはすべて従うようにしなければならない。この屋敷では、私こそが絶対の王なのだから……。

「よく覚えておけ。お前は私のものなのだ！」

「あぁッ！　い、いたぃ！」

夕貴の腕を掴んだ手に力を込めると、彼女の顔が苦痛で歪んだ。

「私は紳士のつもりだ。無駄な暴力は好まないし、お前にも快くここで過ごして欲しい」

「なっ……」

「そのためには、最低限、この王国でのルールを守ってもらわなくてはならん。まぁ……私が作った法律さ。そいつを守る限り、お前の身の安全と衣食住は保証しよう」

「あなたが作った……法律……!?」

「当然のことだが、もし法律を破れば……それなりの罰が与えられる」

「罰って……いやぁ！　放してぇ!!」

恐怖に耐えきれなくなったのか、夕貴は急に私の手を振り払おうと暴れ始めた。

「大人《おとな》しくしろ。聞き分けがなければ、さっそくお仕置きをするぞ」

私は片手で夕貴の胸を服の上から鷲掴《わしづか》むと、力任せにギュッと握った。見掛けよりはボリュームのある乳房が、私の手のひらの中でぐにゃりと形を変える。

「うくっ……あぁっ、いやぁ！」

「ふふふっ……これで分かるな？　逆らえば……どういうことになるか」

「な、なんで……こんな……こと……」

「なぜだと？　それは、おまえが素晴らしい女だからさ」

私はずっと待ち続けていたのだ。

夕貴のような、コレクションに相応しい女を手に入れることができる日を……。

「そん……な……」

夕貴の顔が、恐怖の色から絶望の色へと変化していく。どうやら無視できない身体への苦痛が、事態を否定し続ける脳をようやく理解させることができたのだろう。

「ここでのルールをみっつ言っておく……一度しか言わないから、よく覚えるんだ」

私は夕貴の耳元で、ひとつずつゆっくりとした口調で言った。

ひとつ……絶対に逃げようなどと考えぬこと。

ふたつ……私の命令には、なんでも従うこと。

そして、みっつ……私のことをご主人様と呼ぶこと。

「なっ……」

「私も酷《ひど》いことはしたくない。お前だってイヤだろう？」

「そ、それは……けど！」

「ここは樹海のど真ん中だ。逃げることはおろか、絶対に助けは来やしない。……聡明《そうめい》な君のことだ。懸命な判断ができると思うのだが？」

「イ、イヤ……でも、そんなの……わたし……」

夕貴は狼狽《ろうばい》するように首を振った。

他に選択肢がないことなど、とうに分かっているはずだ。それでもなお戸惑いを見せるのは、彼女の中のプライドが邪魔をしているのだろう。

「では誓いの証《あか》しに……私を呼んでもらおう」

私は、そんな彼女のプライドを打ち砕くために、服従の言葉を促した。

「え……」

「ご主人様……だ。その言葉を、私を王と認めた証しとする」

「……い、言えません……そんな……こと……」

「なんだと？」

冷静であろうと心掛けていたつもりだったが、私を否定する言葉を聞いて、カッと頭に血が上った。

私は握りしめていた夕貴の乳房を、再び力任せに絞り上げた。

「キャッ……アアァァッ!!」

「もっと痛めつけて欲しいか？　さぁ、どうなんだ!?」

「や、やめて……やめてください!!」

「なら誓え！　それ以外、お前が生きる道はない」

「う……うぅ……！」

だが、夕貴はなおも拒むように顔を背けた。

「夕貴！」

私は更に手のひらに力を込めた。

「くッ……あぅッ……！」

一文字に結んでいた夕貴の唇から、これ以上の痛さに耐えきれない……というかのように、わずかに声が漏れる。

「ご、ごしゅ……う……ぅぅ……」

「ふふふ……どうした。なにか言ったか？」

「ご、ご主人……様……」

「ん〜よく聞こえんな？　私の目を見て、しっかりと言え！」

「ご、ご主人様……ご主人様ぁ！」

夕貴は、ついに降伏の言葉を口にした。

ふふふ……いい響きだ。

夕貴は今、自ら私の支配下に置かれることを認めたのだ。

「その言葉……よく覚えておけよ」

「うぅ……ううっ……」

私が腕の力を抜くと、美しい顔を絶望の涙で歪ませたまま、夕貴はズルズルとその場にしゃがみ込んだ。もう立っている気力も残っていないようだ。

まずは……置かれている現実を認識させ、自分の立場を叩《たた》き込む。

第一歩としては、まずまずの成果だろう。

だが、真の躾はこれからだ。

「ふふふ……それでは、さっそく躾を始めるとしようか」

「……っ⁉」

私の言葉に、夕貴はビクッと全身を震わせた。なにをされるのか分からないという恐怖感が、彼女を不安にさせているのだろう。

夕貴は、怯《おび》えた瞳《ひとみ》で私の顔を見上げてきた。

まあ……実際、彼女にとってはかなり酷い体験になるだろう。今まで、ずっと周囲から大切にされてきたのなら尚更《なおさら》のことである。

だが、それも私と……そして本人のためだ。後になれば、私のものとなれた悦《よろこ》びに、感謝すらするようになるはずなのだから……。

「躾……って、いったい……なにをする気ですか？」

「ふふふ……決まっている。お前を私のコレクションとして相応しい、価値ある女に仕上げるための躾だ」

「価値ある……女……」

言葉の意味が分からないらしく、夕貴は私の言葉を口の中で小さく繰り返した。

「そうさ。誰もが羨《うらや》む……世界中の男たちが、欲しがる女だ」

「……………」

「その価値とは、美はもちろん、男の欲望をどれだけ満たせるか……色艶《いろつや》や奉仕、肉体的な献身まで……男の望むものをすべて叩き込む」

「な……！」

ようやく私がなにを望んでいるのかを知って、夕貴は愕然《がくぜん》とした表情を浮かべた。

「じっくりと身体を解きほぐし、男に奉仕する悦びを教えてやるぞ」

「や、やめてください！　そんな……酷いこと」

「嫌がることはない。すぐに慣れてくる……ふふふ」

それに夕貴には拒否権などないのだ。

あるのは、主である私に、絶対的に仕える義務だけなのだから。

「あぁ……そんな……」

「これは、お前自身が認めたのだろう」

「酷い……酷すぎます……うぅ……」

夕貴の頬《ほお》を涙が伝う。

その可憐《かれん》な泣き顔を見ると、普通の男なら誰でも守ってやりたくなるだろう。だが、私は違う。躾に情けなどは無用だ。

非情に徹してこそ、素晴らしい芸術品は生まれるのである。

「さあ、くるんだ」

「あぁ……」

私は夕貴の腕を取って無理やり立たせると、そのまま部屋を出た。


夕貴を連れて来たのは浴場だ。

この豪勢な屋敷の規模に相応しく、広く清潔に保たれた設備。水の流れ出る美しいオブジェが、この浴室をいっそう芸術的なものに見せている。

夕貴をコレクションに仕立てるための最初の躾には、まさに打ってつけの場所だ。

「さあ、早く入らないかっ」

私は夕貴を引きずるようにして浴室に入ると、大理石が敷き詰められた床に放り出した。

「あぁ……」

力なくへたり込んでしまう夕貴。

まだ会社の制服を着たままの姿なので、この場には不釣り合いな気もするが、そのミスマッチがかえって新鮮味を与えている。

「さて……躾を始めるとするか」

「…………」

夕貴は不安そうな表情で床に座り込んだまま、わずかに身体をよじって後退《あとずさ》った。

恐怖からか、全身が小さく震えているのが分かる。

「どうした、怯えているのか？」

「お、お願い……乱暴は……しないでくださぃ……」

かすれるような声で哀願する夕貴の姿を見て、私は、どうやら最初に痛めつけたのは正解だったようだと満足した。

夕貴は、痛みというものに恐怖を焼きつけられている。

恐怖は人を服従させるのに、もっとも効果的だ。大きな恐怖は人を無抵抗にしてくれるのだから。

「だったら私を煩わすな。もし私を本気で怒らせたら……逆上して、お前になにをするか分からないからな」

「そ、そんな……イヤです……やめてください！」

「もちろん、いい子にしていればなにもするはずがないさ」

穏やかだが恫喝《どうかつ》の意味を込めた言葉を口にすると、夕貴はガックリと肩を落とした。

今の現状から逃れることができない以上、抵抗しても無駄であるばかりか、余計に辛《つら》い目に遭わされるということを悟ったのだろう。

「さて、では……最初にお前の身体を洗ってやることにしようか」

「え……？」

「芸術品は手入れを怠ると品質が落ちるからな。お前は可愛《かわい》い芸術品……だから心を込めて洗ってやるのさ。身体中を隈《くま》なく……な。ふはは！」

私は有無を言わさず夕貴を浴槽の近くまで引きずると、頭から水を被《かぶ》せてやった。

「あぁ……いやぁぁ！」

バシャアッ！

と、水飛沫《みずしぶき》が上がり、夕貴の全身はあっという間に水浸しになる。

「うぷッ……ぷはぁぁッ！　や……やめてぇ!!」

「大人しくしていろ！　でないと、浴槽の中に本気で突き落とすぞ」

「いやっ……うっ……はぁぁ！」

湯桶《ゆおけ》で次々に水を被せていくと、苦しそうにしながらも、夕貴は徐々に抵抗する様子を見せなくなった。

この状況では、抗《あらが》う術《すべ》もなく、ただ受け入れるしかないのだ。

私はそんな夕貴の姿を満足して見つめると、すでに肌に張りついてしまった服を一枚ずつ剥《は》ぎ取っていった。

「ああっ……やめて……ください」

夕貴は弱々しく首を振ったが、お構いなしに下着だけの姿にする。

想像していた通り、彼女のプロポーションは見事なものであった。乳房の大きさや形もさることながら、ウエストラインのくびれや、腰の張り具合。

どれをとっても一級品であることは間違いないだろう。

磨き甲斐《がい》のある原石を前にして、私は思わず興奮してしまった。

「よし、その身体を洗ってやるぞ」

私は夕貴の身体に直接ボディソープをかけると、手近にあったブラシを手に取って、ゴシゴシと彼女の身体を洗い始めた。

最高級のボディソープは泡立ちがよく、夕貴の身体は瞬く間に泡だらけになった。

「ふははは、この胸は洗い甲斐があるな。磨けば磨くほど、たわわに……そして敏感に躾け上がりそうじゃないか」

「うっ……ああっ……い、痛いっ」

ブラシといってもボディブラシではなく、浴室の床を磨くためのものだ。強く擦《こす》れば身体に与えられる刺激は相当なものになるだろう。

肌に傷がつかないよう気をつけながら、少しずつブラシを握る手に力を込めてやる。

「胸の谷間も磨き残さないように。それと……乳首は特に重要だ。乳首の美しさによって、価値もずいぶん変わるからなぁ」

ブラシの圧力でブラジャーがずれ、夕貴のピンク色をした乳首が露出する。その乳房の頂点を重点的に擦り上げてやった。

「はぁんっ、いやっ……擦れて……ああっ」

刺激を受けて、夕貴の乳首は見る見るうちに頭をもたげてくる。

「ふふふ……こんなにいやらしく乳首を立てて、磨きやすくしてくれるのか？　なら、念入りにもっと磨いてやろう！」

「あっ！　し、痺《しび》れる……ジンジンて……ダ、ダメェ……それ……以上はぁ……」

ブラシを動かすたびに、夕貴はビクビクと全身を震わせた。

だが、あまりやり過ぎて鈍感にしてしまうのも不味《まず》い。

私はそのままブラシを乳房から上半身へと移動させた。肩、腕、背中……擦り立てるにしたがって、夕貴の肌はより滑らかなものへと変わり、白い肌は桜色に染まっていく。

「さて……この汚いところは、特によ～く洗ってやらないとな」

ブラシを腰の位置で止めると、私は、大きく息を吐く夕貴の顔を覗《のぞ》き込んだ。

「えっ!?　ッ……ああっ、いやぁぁ！」

私の意図を察して、夕貴は慌てて両脚を閉じようとする。だが、私はそれよりも素早くブラシを潜り込ませると、硬い毛先で彼女の股間《こかん》を擦りつけた。

「くぁッ……い、痛いぃ！　そんなに乱暴にしたら……はうぅッ」

下着の上からでも、かなり強烈な刺激に違いない。夕貴はブラシから逃れようと身体をよじるが、私はそれを許さなかった。

「し、痺れ……る……や、やめてぇ〜！」

ボディソープの泡で滑らかになっているとはいえ、さすがにこれだけ擦り続けられると堪《たま》らないようだ。だが、その強烈な刺激も、一皮剥《む》けば至上の快感となる。

身体中を丹念に擦られた後では、その刺激が快楽に取って代わるのは時間の問題だった。

「ふぅ……あぁぁ！　熱い……どうし……て……」

思った通り、夕貴の反応はすぐに変化し始めた。

「ふふふ……痛いんじゃなかったのか？」

「うっ……ううっ……」

「どうした、そんなに息を荒げて？　なんだか切なそうだな？」

私がそう質問すると、夕貴は答えを拒否するように唇を噛《か》んだ。まだ理性が残っているのか、羞恥心《しゅうちしん》に頬が赤く染まった。

しかし、そんな思考など、このまま続ければすぐに吹き飛んでしまうだろう。

そうなれば言葉にこそしないかも知れないが、夕貴はただひたすら身体の熱を……火照りを癒《いや》して慰めて欲しい、という思いに支配されることは間違いないだろう。

ふふふ……分かっているさ。たっぷりと慰めてやる。

私は夕貴の身体に水をかけて、一気に身体の泡を洗い流した。十分に磨き上げた肌は、それまで以上に美しく、艶を増している。

「よし……では今度は欲望を綺麗《きれい》に浄化してやるぞ」

私は身体に残っていた下着を剥ぎ取ると、一気に夕貴の上に覆《おお》い被《かぶ》さった。

「ああっ！　いや、やめてっ！」

夕貴は抵抗を示したが、身体の方は火傷《やけど》するくらいに燃えあがっているのだろう。妖《あや》しい光沢に包まれ、全身からは強いフェロモンが発散されている。

私は身体をずらして夕貴の股間に視線を這《は》わせた。すでに彼女の女の部分は大量の愛液にまみれており、欲情した性器はまるで男を誘っているかのようだ。

「あぁっ、いやっ……み、見ないでっ！」

羞恥心に夕貴は大きく腰を揺らした。

「素晴らしい身体だ。美しい……美しいぞ……夕貴！」

私は着ていたものを素早く脱ぎ捨てると、最高のコレクションを扱うように、最高の愛を込めて、濡《ぬ》れそぼった秘肉の中心にその情熱を注ぎ入れた。

「あああっ！　いやあぁ……入って……あぁ……！」

夕貴は絶望的な声を上げたが、その言葉とは裏腹に、彼女の膣内《ちつない》は最上級の刺激で私を迎え入れてくれる。細い肉の管を無理やり押し広げながら、私のペニスは夕貴の肉の奥深くへと埋没していった。

「ふぅ……はあぁぁ……！」

夕貴は甘い痛みに耐えるように顔をしかめ、喉《のど》の奥から重い吐息を漏らした。

「そんなにコレが待ち遠しかったか？　もうウネウネと挟み込んで離さないじゃないか」

「ああ……いやっ！　言わないで……そんなの……」

夕貴が大きく首を振った瞬間、じわりと繋《つな》ぎ目《め》から新たな愛液が溢《あふ》れ出してくる。

全身を支配する強烈な快感に耐えかねて、私は思わず夕貴を貪《むさぼ》るように腰を動かし始めた。彼女の内部も、すぐに私の動きに合わせて反応を始める。

「いいぞ、夕貴。最高の締めつけだ。濡れ具合も熱さも……まさに極上だ。お前は本当に……最高の逸材だよ」

「ダメェ……あぁぁ……あぁッ！」

夕貴は喘《あえ》ぐような声を上げたが、その目はすでに虚《うつ》ろなものへと変わり始めている。

腰を動かすたびに、彼女の細い身体が反り返った。

「あっ、あふっ、あうっ……」

徐々に夕貴の吐息に甘い色が混じり始める。私によって送り込まれる苦痛なのか快楽なのか分からない感覚に、彼女は翻弄《ほんろう》されるかのように髪を振り乱した。

「ふあぁぁッ……わたし……わたし……もぅ！」

夕貴の強い締めつけに、私は限界まで昇りつめそうになった。彼女の細い腰を掴むと、今まで以上に強く突き上げるような抽挿《ちゅうそう》を叩き込む。

「あっ……当たるぅ……くあぁぁッ!!」

夕貴の身体が小さく痙攣《けいれん》すると同時に、肉壁が絡みついてギュッと収縮する。その膣穴全体で締めつけられる感覚に、私は一気に達してしまった。

「受けとめろ……私の愛を!!」

「あ……あぁッ……あああぁぁ！」

夕貴が短く感極まった声を上げる。

私はすべての欲望を彼女の膣穴に解き放つまで、夕貴の身体を離さなかった。

PART2　拉致

夕貴を拉致《らち》して二日後——。

私は、屋敷にある書斎でパソコンと向かい合っていた。

当たり前のことだが、夕貴の調教は順調に進んでいる。まだまだ従順にはほど遠い状態だが、そう焦ることはない。時間はまだたっぷりとあるのだ。

それよりも、私にはもうひとつすることがあった。

……それは、他のコレクション候補を見つけ出すことである。

いくら夕貴が素晴らしい素材であると言っても、やはりコレクションがひとりでは寂しいものだ。他にもどこからか、新しい女を探してこなければなるまい。

もっとも……そのひとりはすでに見つけてある。

夕貴と違って街中で見かけただけの女なので、その素性や詳しいデータは、約束通りメフィストに調べてもらうことにしていた。

「おっと……」

パソコンを回線に繋《つな》いだ途端、メールの着信を告げるランプが点滅している。

すぐにキーボードを叩《たた》いて、そのメールの内容を確認すると、思っていた通り、メフィストに依頼していた身元調査の結果だった。

「さすがに早いな……」

私は思わず笑みを浮かべた。

FROM:Mephisto　To:Hades
Subject:身元調査結果

依頼を受けた女の身元が判明した。
君の想像通り、彼女は社交界の常連さ。
社交界で彼女を知らない者はいないだろう。
それほどのビッグネームだ。
一条《いちじょう》財閥……子供でも知っているだろう?
彼女はそこのご令嬢だ。
ずいぶんと気は強いようだが……美しさなら、確かに群を抜いているな。
今まで多くの紳士たちが尽《ことごと》く足蹴《あしげ》にされているようだ。
そんな女王様を、君がいったいどうしようというのか非常に興味深いよ。
もし手に入れられたのなら、メールで教えてくれ。
では……健闘を祈る。

添付されていたファイルには、調査を依頼した女性の詳しいデータが明記されていた。

彼女の名は、一条恵美子《えみこ》……か。

最初に彼女を見掛けたのは、代官山にあるブティックだ。見るからに資産家の娘らしく、店では最上級のＶＩＰ扱いを受けていた。

「なるほど……」

美しく整った顔立ち。金髪にしたサラサラのロングヘア。

嫌味にならない程度の貴金属と、質の良い服。

間違いなく上質の金持ちだとは思っていたが、まさか一条財閥の娘とはな……。

メフィストからのデータによるとかなりのじゃじゃ馬らしいが、それだけに乗りこなして服従させることができれば、この上ない名馬になるだろう。

仕上がった時には、さぞかし高貴な輝きが得られることは間違いない。

「ふふ……これはぜひとも、手に入れなければな」

私は決意を新たにし、頭の中で素早く計画を練り始めた。

一条財閥のひとり娘ともなれば、普段の警護は政治家並みだと考えていいだろう。

自宅にいる時などは、その姿すら拝むことは叶《かな》わない。公式の式典やパーティには顔を出すだろうが、その移動にも細心の注意が払われる。

まあ……仕方がない。

財閥の娘が誘拐でもされようものなら、大変なことになるだろうからな。

しかし、彼女も人間なら、四六時中監視されることに息が詰まるはずだ。それがプライベートなことなら尚更《なおさら》だろう。

確か、私が初めて代官山のブティックで彼女を見掛けた時も、従者をひとり連れていただけであった。

それに……確か、彼女はペットの小型犬を連れていたはずだ。

「ふふふ……犬か……よし、決まったぞ」

彼女……恵美子を拉致する作戦がな。


決行の日。

代官山へ向かうために車を走らせていた私の前に、巨大なスクリーンが現れた。

有名なテレビ局のスタジオがある場所だ。繁華街に隣接していることもあって、辺りには女の子たちの姿が多い。

「ここは確か……」

赤信号で停止した私は、ふとある店の前に並ぶ女の子たちに気付いた。

どうやら若い娘の間で人気のあるケーキ屋らしい。

私はいつもの癖で、何気なく列に並ぶ女の子をひとりひとり物色していった。

「ん……？」

その中のひとり……奇妙な格好をした少女が私の目を引いた。

「なんだ、あの女は？」

顔の輪郭からはみ出るほどのサングラスをかけ、コーディネイトを無視したスカーフを顔に巻きつけている。

察するに素顔を見られたくないようだが……。

あれではまるで子供の変装だ。かえって目立ってしまうだろう。

「ふむ……」

普通ならば、珍しい女がいるものだ……と、思うだけであっただろう。

だが、コレクションを蒐集《しゅうしゅう》することに情熱を燃やし始めている私には、その女から、なにか感じるものがあった。

そこに群れる女たちの中で、その娘が持っている魅力というものを。

恵美子を拉致する計画を実行するまでには、まだ時間に余裕がある。興味が湧《わ》いた私は、車を道路の脇《わき》に寄せ、少しその娘のことを観察することにした。

しばらくして店の中に入れた娘は、いくつかのケーキを注文してひたすら食べ始めた。

幸いなことに窓際に座ってくれているため、店の外からでもその様子ははっきりと見ることができる。

他の女の子たちのように歓談しながら食べるのとは違い、ただひたすらに自分の欲求を満たしている……という感じだ。

その欲求が満たされて気が緩んだのか、サングラスとスカーフの下からわずかに娘の素顔が覗《のぞ》いた。それを見て、私は自然と口から笑みをこぼしてしまった。

「見つけた。私のコレクションを……」

サングラスとスカーフの中に隠された、上等な素材……まだあどけなさは残るが、磨けば一級……いや、もっと素晴らしいコレクションになる！

私は、そう確信するとデジタルカメラを取り出して、その娘の魅力を確かめるように、写真を数枚撮影した。

娘は時間に追われるようにケーキを口の中に詰め込むと、急いで店を出る。しばらく目で追っていると、先程見たスタジオのあるビルの中に入っていった。

「もしかして……芸能人か？」

ならば、顔を隠しているのも頷《うなず》ける。

少しの間記憶をたどってみたが、知っている娘ではなさそうだった。

まぁ、そちらの方面には興味はないので、知らないのも致し方ない……。

「まぁいい。彼女の身元など直《す》ぐに分かるさ」

私はデジタルカメラ内にある女の子のデータを確認すると、その場からノートパソコンでメフィストにメールを書いた。

FROM:Hades　To:Mephisto
Subject:身元調査依頼

この写真に写っている、サングラスをかけた女の身元を早急に調べて欲しい。
写真の場所は××区××の繁華街だ。
この女の子は写真に写っている××という喫茶店から出た後、
テレビ局のスタジオがあるビルに入っていった。
芸能人かも知れないが、私の知るところではなかったので、
メフィストに調査をお願いした次第だ。
よろしく頼む。

私はデジカメで写したデータも、メールに添付した。

「ふふ……これでいい」

どんな調査結果が返ってくるか楽しみだ。

だが、今はそれよりも、恵美子を拉致することに全神経を傾けなければならない。

私は再び、代官山へと車を走らせた。


「ちょっと、どういうつもりなのよっ！　早くワタクシをここから出しなさい」

屋敷に用意した部屋に、恵美子を放り込んでから六時間後……。

やっと麻酔の覚めた恵美子は、私の顔を見ると食ってかからんばかりの勢いでまくしたてた。その目には、反発の色がありありと浮かんでいる。

……まあ、最初はこんなものだろう。

そうでなければ、面白くない。

「ちょっと、なんとか言いなさいよっ！　聞こえてるのっ⁉」

「黙れ」

私は、その生意気な顔に平手打ちをくらわせた。

「キャッ……！」

パチン！と派手な音が鳴り、恵美子は悲鳴を上げて床に転がった。

まったく……これだからお嬢様というやつは困る。

自分が誘拐された立場だということすら理解できないのだろうか？

もっとも、すべての者が自分の命令を聞いて当たり前だという、単純な頭しか持ち合わせていないからこそ、私の計画はうまくいったのだがな。

ブティックにやって来た恵美子が店員にペットの犬を預けて試着している間、私は言葉巧みに店員に取り入って、その犬を預かることに成功した。次いで、犬がトイレに行きたがっていると嘘《うそ》をついて外へ出た。

無論、店員の目を誤魔化《ごまか》して、恵美子のバッグに「犬を預かった。返して欲しければ、ひとりで店の裏口から出て指定の場所まで来い」という手紙を忍ばせて……。

ひとりで……と書いたにもかかわらず、従者を連れてくる可能性もあったが、なんとか計画通りにことは進んだ。やって来た恵美子を麻酔薬で眠らせるなど造作もないことである。

後は人目につかないように、この屋敷に運ぶだけであった。

「な、なんてことをするのよっ！　ワタクシが誰《だれ》なのか知らないのっ!?」

「お前は馬鹿《ばか》か？　ここにはお前を守ってくれる者などいない。ここでは、お前はただの女に過ぎないんだ」

「そ、そんな……こと……」

「まったく……どうやらお前には、好き勝手に生きてきたことへの罰が必要なようだな」

こんな状況に置かれているにもかかわらず、まだ自分が一条財閥の娘であることを笠《かさ》にきるようなやつには、現実というものを叩き込んでやる必要がある。

素晴らしい素質を持っているとはいえ、私の厳選したコレクションに加えるには、まだまだ荒削りもいいところだ。

まずは、私に服従することから厳しく躾《しつ》けないとならないだろう。

私がゆっくりと近付いていくと、恵美子の顔に恐怖の色が浮かんだ。

「わ、分かったわ……アナタ、お金が欲しいんでしょう？」

「金だと？」

「い、いいわ……パパに頼んで出してもらうわよ。い、いくら欲しいの？」

「そんなもの私は望まない。見て分からないか？　もう富なら十分に満たされてるんだ」

「そ、そんな……だったら……どうしてワタクシを……」

恵美子は、理解できないという表情で首を振った。自分に近付いてくる者は、すべて金が目当てだと思い込んでいるのだろうか。

だとしたら、哀れな女だ。

「お前を私のコレクションに加える……それが目的だ」

「コ、コレクション？」

「そうだ。私だけの所有物となり、身も心もすべて捧《ささ》げてもらう」

「な……なにを言ってるのよっ！　冗談じゃないわっ、どうしてワタクシが……」

「黙れっ！」

私は近くにあったソファーを蹴り上げた。

ガンッ！と、派手な音がすると同時に、恵美子は「ヒッ！」と短い悲鳴を上げる。

「この屋敷に入った時点から、お前に拒否する権利はないんだ！」

「……っ⁉」

「この屋敷では、私は絶対的な王なのだからな……」

恵美子はよろよろと数歩後退《あとずさ》ると、背後にあったベッドにへたり込んだ。

「いいか、この王国ではみっつのルールが存在する」

呆然《ぼうぜん》となった恵美子に、私は夕貴に言ったのと同じルールを説明した。

無論、素直に受け入れるはずがない。特に、この恵美子が黙って私の命令を聞き入れるはずがないのだ。

「ふ、ふざけないでっ！　誰がそんな……」

案の定、恵美子は顔を真っ赤にして拒否の姿勢を見せたが、彼女には拒否する権利などない。恵美子に残された道はふたつ。

そう……服従か、厳罰か。

「お、お金ならあげるわ。十億……いえ、二十億でどう？　悪い話じゃないでしょう」

「私が欲しいのは……お前だ」

「な、なぜよ⁉　それだけお金があったら、好きな女も買えるじゃない！　別に、私でなくたって……」

「ダメだ」

恵美子の言葉に、私は大きく首を振った。

やはり理解できないようだな。金で買った女など、コレクションに加える価値など欠片《かけら》ほどもないということを。

「私が欲しいのは、お前のすべてだ」

私はベッドに座り込んだ恵美子を無理やり立たせると、腕を捻《ひね》り上げるようにして、背後にまわり込んだ。

「あッ！　イ、イヤ……放してっ！」

「初めて見た時から決めていた。お前を躾けて、最高のコレクションに仕上げる……とな」

この髪……この肌……この瞳《ひとみ》……。

これだけ極上な身体《からだ》に代わりなどない。

「そん……な……」

「ふふふ……いい香りだ」

彼女の身体からは、男を酔わせる甘く高貴な匂《にお》いが漂ってくる。

だが、この身体はもはや恵美子のものではなく、私のものなのだ。

「それでもお前が私を拒むというなら……仕方あるまい。ひとつだけ従わずにすむ方法を

教えてやる」

「な、なんなの……それは……！」

私は恵美子の質問に答えず、背後から鋭利なナイフを彼女の背中に押し当てた。

その感触だけで分かったのだろう、恵美子の身体がギクリと強張《こわば》った。

「あっ！　な、なんのつもり……やめてっ！」

「その方法とは、お前を殺して身体だけをいただくことさ。意思は解放してやろう」

「なッ……」

「どうする？　自ら選べ。服従か……それとも死か!!」

「酷《ひど》い……そんなのって！」

「これが最後のチャンスだ！　決めなければ、服従の意思なしとみなすぞ」

「ヤ、ヤメテェ～ッ!!　わ、分かったわ……アナタに……従えばいいんでしょう？」

ちゃんと認識しているとは言い難いが、従うことを認めさせただけでも進歩だろう。

だが、まだこれだけでは不足だ。

「では誓いの証《あか》しだ……私をご主人様と呼んでもらおうか？　その言葉をもって、正式に私を王と認めた証しとする」

「な……それは……」

「言う通りにするんだろう？」

私は背後からナイフを突き立てる代わりに、手を伸ばして恵美子の胸を鷲掴《わしづか》みにした。

「くぁぁッ!!」

「早く言わないと……もっと強く締め上げるぞ」

他人に、いいように嬲《なぶ》られるなど初めての経験だろう。

自分の立場が変わったのだということを教えこむためにも、私は容赦なく恵美子の胸を揉《も》み立てていく。

「ヤ、ヤメテ……言うわよ。ご主人……さ、さま……」

「聞こえん、もっと大きく！」

「わ、分かったわ……！　ご主人様ぁ！」

「ふふふ……よい響きだな」

ベッドへ突き飛ばすようにして恵美子の身体を解放すると、彼女は涙を浮かべた目で私を睨《にら》みつけた。

生まれて初めて人に屈服することを強要されたのだ。悔しさでいっぱいなのだろう。

しかし、これからはもっと屈辱的な試練が、恵美子を待っているのだ。

楽しみだな……恵美子の傲慢《ごうまん》な顔が、絶望と……そして快楽に彩られる時が。

「こ、これから……ワタクシをどうするつもりなのよ……」

「くくくっ、心配しても仕方あるまい」

自ら私の支配化に置かれることを宣言したのだ。

なにがあろうと……受け入れるしかない。


「では、さっそく躾を開始することにしようか」

私はそう言うと、服従を誓ったばかりの恵美子の身体をじっくりと眺めた。

かなり豊満な肉体をしているが、どうやら、さほどの男性経験はなさそうだ。プライドの高い彼女が、簡単に男に身を任せるとも思えない。

まずは、その鼻っ柱を叩いてやる必要がありそうだな。

「躾ってなによ……今更ワタクシに躾なんて……」

「これからの躾はお前のためではない。私は美しく……価値あるものしか愛さない。だから、お前を私のコレクションとして相応《ふさわ》しい女に仕上げるためのものだ」

「それじゃ今のワタクシには、まるで価値がないみたいじゃない」

「ないな」

はっきりと言い放つと、さすがの恵美子も言葉を失った。

誰もが欲しがる、本物の輝き……。

男を虜《とりこ》にする妖艶《ようえん》な光を纏《まと》ってこそ、コレクションとして真の価値があるのだ。

「まずは、男の欲望を満たす肉体奉仕からだ」

「肉体奉仕……ま、まさか、ワタクシの身体を⁉」

「その通りだ。その肉体に見合うだけの、素晴らしい快感に目覚めさせてやるよ。そして、男に奉仕する悦《よろこ》びも覚えてもらおうか……ふふふ」

「ふ、ふざけないで！　ワタクシ、そんな安い女では……」

パシッ！

反論しようとする恵美子に、私は思いっきり平手打ちを浴びせた。

「この屋敷では私が法律だと言ったはずだ！」

「うぅ……」

殴られることはおろか、人から怒鳴りつけられることもなかった恵美子にとって、それはかなりの衝撃なのだろう。打たれた頬《ほお》を手で押さえ、それ以上の反抗をする気力もないように、その場に座り込んでしまった。

「ひ、卑怯《ひきょう》よ……女を暴力で……征服しようなんて……」

「お前の運命は、すべて私が決めるのだ。生かすも殺すも……な」

「…………」

「さあ、最初の躾だ。脚を開いてベッドに座ってもらおうか」

「な……なによ、それ？」

「今回は……そうだな、自慰でもしてもらおうか。お前に、いかに自分が色情的で……淫《みだ》らな身体をしているかを分からせてやる」

「そ、そんな……」

自慰と聞いて、恵美子の顔色が変わった。

犯されることは覚悟したかも知れないが、まさかそんなことまでさせられるとは思ってもみなかったのだろう。

「ワタクシ、そんなイヤらしい女ではないわ！」

「では、今まで一度もオナニーをしたことがないのか？」

「そ、それは……」

「ふはははっ……いつもしているんだろう、素直になれ。自分は快楽が大好きな、イヤらしい女だとな」

「違う……違うわよ！　そんなこと……ない！」

恵美子は否定するように、大きく首を振った。

「ふん、では私が証明してやる」

私は恵美子をベッドの上に引きずり上げると、スカートを捲《めく》り上げ、ショーツに手をかけて一気に引きずり下ろした。

「あっ、イヤァァ！」

「さて……見せてもらおうか。快楽に踊らされず、理性を保つオ○ンコとやらを……」

背後から恵美子の身体を抱え上げると、強引に両脚を開かせ、ベッドの側《そば》にある等身大の鏡の方へと向けた。

「そら、目を逸《そ》らさず自分のココをよく見ておけ！」

「ヤメテッ！　こんなことするなんて……へ、変態よぉ！」

鏡に向けて股間《こかん》を晒《さら》してやると、私は後ろから手を伸ばして、恵美子の女の部分に指で触れた。さすがにすぐには濡《ぬ》れてこないだろう……という私の想像に反して、恵美子のそこはすでに十分な湿り気を帯びている。

「ほう……偉そうなことを言う割には……」

「イ、イヤァ……！」

自分でも濡れていることが分かっているのだろう。恵美子は、私の言葉を遮るように、顔を真っ赤に染めて悲鳴を上げた。

まだ愛撫《あいぶ》すらしていないというのに、鏡に映った自分の痴態に感じてしまったらしい。

「くくっ……お前は最悪の恥女だな」

「……うぅっ……」

恵美子は屈辱と羞恥心《しゅうちしん》で、うっすらと瞳に涙を浮かべる。

だが、まだこんなのは序の口だ。二十年以上も他人に傅《かしず》かれて生活してきた女なのだから、この女を躾けるには、もっともっとプライドを破壊してやらなければならない。

私は、恵美子の割れ目に指を突き入れると、わざと中まで見えるように大きく掻《か》き混ぜてやった。その様子に、恵美子は思わず目を背けようとする。

「ちゃんと見るんだ。気持ちいいんだろうが⁉」

「あぁっ……イ、イヤよ……あぁっ！」

無理やり恵美子の顔を鏡に向けさせると、わざと音がするように指を動かしていく。膣《ちつ》内《ない》を往復するたびに、私の手は多量の愛液にまみれていった。

「くくっ……やはり、お前はヤラシイ牝犬《めすいぬ》だ」

割れ目の先端にある突起を愛撫し、膣穴の奥の奥まで指を突き入れる。

「違……うぅ……はうぁ……あぁぁん！」

恵美子は否定するように首を振ったが、そんな刺激に平常心でいられるはずがない。身体から次第に力が抜けていき、声に甘く切ないものが混じり始めた。

「ダ、ダメェ……こんなの……あぁぁ……あぁッ！」

身体の内から押し上げる快感と、それを無理に抑えようとする理性。

その鬩《せめ》ぎ合《あ》いの末、どうやら快感が理性を駆逐したらしい。

「ああっ……うっ……ワタクシ……ワタクシは……あうぅ……」

「くくっ、ようやく素直になってきたようだな」

とりあえずは、この程度で十分だろう。この先は徐々に躾けていけばいいのだ。今回は、この辺りで楽にしてやるとするか。

「これ以上、無理に快感を抑える必要がないように、一気に終わらせてやるよ」

私は恵美子を四つん這《よ》《ば》いにさせると、その腰を両手で掴んで引き寄せた。

手早くズボンの前を開けて、すでに怒張しているモノを恵美子へとあてがう。

「あ……」

これからなにをされるかを悟ったようだが、もはや抵抗する様子はない。いや……抵抗する気力すらないという方が正しいだろう。

「可愛《かわい》がってやるぞ」

きつい鞭《むち》の後には、甘美なアメをやるのが躾の基本だ。それに、快感に目覚めさせれば、それだけ躾もやりやすくなる。

私は恵美子の尻を固定したまま、腰を押し出し、彼女の中へと埋没していった。

「んぁッ……あぁぁ！」

恵美子の切ない声が室内に響き渡る。

その声を心地よく感じながら、私はゆっくりと動き始めた。

「……さすがに早いな」

恵美子の部屋から戻って来た私は、パソコンの画面を覗いて笑みを浮かべた。

もしかして……と思い、回線を繋いだままにしておいたのだが、やはりメフィストからのメールが届いていたのである。

FROM:Mephisto　To:Hades
Subject:身元調査結果

依頼を受けた女の身元が判明した。

本当にこいつをコレクションにするつもりかい？

君は大胆だな……だが逸材には間違いないだろう。

手に入れた時の喜びのメールを待っているよ。

では、頑張ってくれたまえ、ボクも応援しているよ。


前回と同様、メールには詳しいプロフィールデータが添付されていた。

そのファイルを開いて、私はメフィストが「大胆だ」という理由が理解できた。

街で見掛けた女の名は——恋《こい》ヶ《が》窪《くぼ》まりん。

やはり、芸能人……売り出し中の若手アイドルのようだ。

クイズ番組のアシスタントとしてレギュラー出演中。その容姿と可愛らしい言動で、かなりの人気を集めているらしい。

「なるほど……」

確かに彼女なら、アイドルをやっていてもおかしくはないだろう。

だが、芸能界のように無能が集まる場所に置いておいては、せっかくの逸材も宝の持ち腐れとなってしまうに違いない。

ふふふ……やはり、私のコレクションになるべきだな。それによって、彼女は今よりも更に眩《まぶ》しい光を放つ存在となることができるだろう。

「決まり……だな」

恋ヶ窪まりんを、私のコレクションとして迎え入れることにしよう。


「わあ……大きなお家。今日のロケってここでするの？」

「こっちへ……」

「へぇ……こんな山奥に、こんなお屋敷があるなんて……」

まりんは物珍しそうに辺りを見まわしながら、素直に私の後をついてくる。

今回は、夕貴や恵美子の時と違って呆《あき》れるほど簡単だった。

例のケーキ屋で、私はマネージャーの代理と名乗って声をかけた。ロケ先が変更になったので案内する……と言うと、まりんはなんの疑いもなくついて来たのだ。

自分が誘拐されたことに、まったく気付かずに……である。

ある意味、小学生を誘拐するよりも楽だったかも知れない。

「ねえ……こんな所で撮るの？」

彼女のために用意した部屋に連れてくると、まりんは初めて不安気な顔で私を見た。

薄暗い明かりに照らされた室内には、アンティークなインテリアが置かれているだけで、撮影用の派手な照明などは存在しない。

無論、カメラも……スタッフもだ。

「他の人はどこにいるの？」

「くくくっ……」

私は後ろ手で部屋のドアを閉めた。

バターンッ!!と、重いドアが大きな音を立てる。

「キャッ！　……ね、ねえ……ここは……」

「まだ気付かないのか？」

「え……も、もしかして、ドッキリかなにか？」

呆れてしまうほど脳天気な娘だ。

この状況になっても、まだ現状を認識できないでいるらしい。

「あ……あそこの陰とかに、ＣＣＤカメラが隠してあるんだよね？」

「そんなものはない。ここには私と君しかいないんだ」

「う、うそ……スタッフの人、いるんでしょ？」

まりんは確認するかのように部屋の中をうろつきまわって人の気配を探したが、当然ながら、そんなものが見つかるはずなどない。

込み上げてくる不安と恐怖を振り払うかのように、まりんは大きな声で叫び始めた。

「カメラさん！　ディレクターさん！　どこォ!!」

それはまるで迷子の子供が喚《わめ》き続ける姿に似ていて、黙って見ているうちに、私は苛立《いらだ》ちを感じ始めた。

「どこなのォ!?」

「いい加減に黙れっ!!」

私はまりんの小さな身体を壁に押しつけると、ポケットに入れていた小型のビデオカメラを取り出した。

「ひっ!?」

「そんなにカメラが欲しいか？　ならば特別に私がお前のことを撮ってやろう」

「あっ……キャ……痛ぃ……」

身体を拘束したまま、カメラのレンズをまりんの顔に押しつけると、私はファインダーを覗き込んだ。そこには苦痛に顔を歪《ゆが》める彼女の姿が大写しになっている。

「お前のその顔……しっかりカメラに収めてやるよ」

「くあぁぁ……やめてっ……」

まりんは必死になって抵抗しようとするが、所詮《しょせん》は小娘……無駄なあがきだ。

「ここに来た時点でお前は私のもの……私のコレクションになったのだ」

「コレ……ク……ション……？」

まりんは怯えきった目で、私を見つめて問い返してきた。

「そうだ。お前はまだ幼さが抜けきっていないが、これから私が躾をすることによって、どんな女にも負けないくらい魅力的な姿に変身させてやる」

「や、やだっ……こんな仕事やだ！　スタジオに戻らせてっ」

「チッ……」

この馬鹿娘は、まだこれが仕事だと思っているらしい。

呆れるほど現状認識が乏しいようだ。この程度のやつが、アイドルとしてもてはやされているのである。テレビがどれほど低俗なのかが分かるというものだ。

「バカァ！　帰してよォ！」

「……お前には口で説明しても分からないようだな」

いつまでも子供をあやしているつもりはない。

現実を把握させて、この屋敷でのルールなどを叩き込もうと思ったのだが、こうなったら、先に最低限度の躾を施した方が早いだろう。

それも、子供と同様に、直接身体で教えるやり方をした方が効果的だ。

「さあ、来いっ！」

「ああっ……イヤッ」

用意しておいたロープでまりんの両手を縛り上げると、そのままベッドへと突き飛ばす。

そして、俯《うつむ》せの状態で転がった彼女のスカートを捲り上げ、尻が完全に露出するまで下着を引き下ろした。

「キャッ！　イヤァーッ！」

「可愛いお尻じゃないか……こんなの見ると私もゾクゾクするよ」

幼い顔立ちをしていても、身体の方は年相応に成熟しているらしい。

白い見事なヒップラインを目の前にして、私は自分のカンが間違っていなかったことを再確認した。しっかりと躾ければ、見事なコレクションとなるだろう。

「いやあぁっ！　恥ずかしいの！　元に戻してェ！」

だが、まりんは相変わらず子供のように喚き続けている。どれだけの素質を持っていようが、これでは興ざめだ。わがままな女では、魅力も半減してしまう。

「口答えをするなっ！」

私は大きく手を振り上げると、まりんの白い尻に向けて思いっきり振り下ろした。

ビシィッ！

「キャアッ!!　痛ァァい！」

「大人《おとな》しく私の言うことに従うまで、何度でも躾けてやる」

ビシィッ！

ビシィッ！

「そ、そんなぁ……やだァ！　ヤメテェェ!!」

「お前に口答えする権利はないと言っているだろう！」

私は何度も何度もまりんの尻を打った。

スパンキングを繰り返すことによって、彼女の尻はほのかに赤みを増していく。そのたびに、まりんは背中をのけ反らせて絶叫した。

これが躾なのだ。

まりんにはこの痛みが必要なのである。

「キャウッ！　ふッ、ふあぁぁん……痛いよォ！」

「痛いと思うならば、これ以上の抵抗はやめるんだ。でないとまだまだ続けることになる」

「分かりましたぁ……ううっ……ごめんなさいィ」

まりんのその言葉を聞いて、私は振り上げていた手を止めた。その手をそっと下ろし、今度は赤くなった彼女の尻をそっとさするように撫《な》でた。

「ふふふ……ではやめてやろう」

「はぁ……はぁ……ひッく……ぅん……」

どの女にも言えることだが、躾けるには鞭だけではなくアメも必要なのだ。

私は彼女の尻にゆっくりと手を滑らせ、淡い茂みに隠れている割れ目へと運んでいく。

「はぁッ！」

途端、まりんはギクリと身体を震わせた。この反応からすると、どうやらまだ男を知らないらしい。ここに、甘い思いをたっぷり味あわせてやるとしよう。

「くくっ……綺麗《きれい》なピンク色をしているじゃないか」

「ヤ、ヤメテェ！　そんなとこ……触らないでッ……ッあん！」

固く閉ざされた肉壁に指を這わせ、揉みほぐすようにして何度も指を往復させてやると、徐々に感じ始めたまりんの蜜《みつ》が私の指に絡みつくようになった。

「ほう……幼そうな外見とは違って……」

「イヤッ！　言わないでっ！」

まりんは顔を赤くして尻を大きく揺らし、私の視界から逃れようとする。だが、その淫らな動きは、かえって私の嗜虐心《しぎゃくしん》を増幅させていく。

「では……これはどうかな？」

「ふぁああ！　あッ……ウッ……」

私は、まりんの割れ目をこじ開け、ゆっくりと指を侵入させていった。同時に、親指の腹で押しつぶすようにして、その上にあるクリトリスも押してやる。

「ヤメテッ……中に……んッ、入ってくるの……」

「どうだ？　感じてきただろう、まりん」

「んぁッ……そ、そんなこと……ぅッ、ないもん」

「嘘をつくな。お前のココは湿ってきてるぞ」

まりんは否定するように力なく首を振った。

「う、嘘だもん！　そんなこと……それは違うもん！」

「また抵抗するのか？　くくくっ……ならばこれだなぁ」

恥部を刺激する手はそのまま、私はもう片方の手で再びまりんの尻を激しく叩いた。

ビシィッ！

「キャぅ～ッ‼　やだ……痛ぃ…くッ、はあぁん！」

「抵抗しても無駄だぞ。身体は素直に感じ始めているんだからな」

「はぅッ！　あんッ……あッ……あぁぁぁッ！」

苦痛と快感を同時に与えられ、まりんは狂ったように尻を振った。

そのどちらもが私によって与えられる……と、まりんの身体が覚え込んだ時、初めて服従することの悦びをも理解できるようになるのだ。

「私に逆らえないということが、少しは分かったか？」

手を止め、顔を覗き込みながら問うと、まりんは大粒の涙を浮かべたまま頷いた。

「は、はい……わ、分かりました……」

「私のことは、『ご主人様』と呼ぶのだ」

「分かりました……ご主人様……」

小さく、囁《ささや》くように言うまりんの頬を、涙が流れ落ちる。その姿を見て、私は最初の躾の成果に満足した。

もっとも、本格的な躾はこれからだがな……。

PART3　服従

FROM:Mephisto　To:Hades
Subject:おめでとう

コレクション獲得おめでとう。

なんと、三人も手に入れたらしいな。

以前から狙《ねら》っていたという、君の部下の木原夕貴。

調査を依頼してきた一条財閥の娘……一条恵美子。

そして、現役のアイドルである恋ヶ窪まりん。

まったく……よくもこれだけの素材を短期間に集めたものだ。

まるで、君に不可能なことはないかのようだな。

彼女たちをどんな風に仕上げるのか、とても興味が湧くよ。

では、頑張ってくれたまえ。

健闘を祈る。


「ふふふふ……」

メフィストからのメールを見て、私は込み上げてくる笑いを抑えることができなかった。

そうさ、私に不可能なことなどない。理想通りのコレクションは揃《そろ》った。後は、そのコレクションたちをどうやって仕上げていくか……だ。

彼女たちは、まだまだ反抗的で簡単に服従などしそうにもない。

これからが大変ではあるが、同時にそれはひとつの楽しみでもあった。

「まずは……夕貴か」

私はパソコンに夕貴のデータを表示させた。

三人の中では比較的従順な態度を見せているが、まだまだ服従したとは言い難い。理想の牝奴隷《めすどれい》とは、主人である私に心の底から忠誠を誓う存在でなければならないのだ。

その意味では、夕貴はまだまだ不完全である。

今後はどういう躾《しつけ》をしていくべきか……。

私がそんなことを考えていた時――。

ピー、ピー！

突然パソコンの画面が切り替わって、警告音を発し始めた。

「ん……!?」

どうやら、緊急時のために取りつけてあった警報装置が作動したらしい。

三人の部屋の扉にはそれぞれ鍵《かぎ》がかけてある。それを無理やり内側から開けようとすると、パソコンから警告音が鳴るようにセットしておいたのだ。

「チッ……誰《だれ》だ？」

キーボードを叩《たた》いて、どの部屋から警告音が発せられているのかを調べる。

ディスプレイに表示された場所は……。

「……夕貴の部屋か」

私は書斎を出ると、足早に夕貴の部屋へ向かった。

逃げ出すことなどできるはずはない。扉は男が体当たりしてもビクともしない鉄製だし、鍵も素人に開けることは絶対に不可能なものを取りつけてある。

おそらく、その鍵穴をいじったために警報装置が作動したのだろう。

「あれほどここでのルールを叩き込んでやったというのにっ」

他のふたりならともかく、あの聡明《そうめい》な夕貴が、逃亡を図るなどという愚かな真似《まね》をするとは……。

私は苛立《いらだ》つ心を抑えながら、ようやく地下にある夕貴の部屋の前まで来た。

やはり鍵を開けるなど不可能だったようで、扉は閉まったままだ。

このまま放っておいてもよかったのだが、躾のためには、ここで叱責《しっせき》しておかなければならないだろう。場合によっては、それなりの罰を与えなければならない。

私は急いで鍵を取り出すと、部屋の扉を開けた。

「夕貴！　どこにいる、夕貴っ！」

室内に踏み込んで辺りを見まわしたが、夕貴の姿はどこにもなかった。

「おい……どこだ！　隠れているのは分かっているんだぞ！」

ベッドのあるこの部屋の奥には、小さな衣装部屋とトイレ、バスルームがある。

夕貴がここから逃げ出せたはずがない以上、必ずどこかにいるはずだ。

「今すぐに出てこい！　出てこないなら、私から見つけて……」

私が奥の部屋に向けて足を踏み出した時。

ガタッ！と扉の音がして、奥から夕貴が姿を現した。

「ご主人様……」

戸惑いがちではあるが、突然やって来た私に動じる様子はなかった。

「逃げるのに失敗して、隠れようとしていたのか？」

「え……」

「分かっているんだぞ。お前が、入口の鍵を開けようとしていたことはな」

「………………」

夕貴は否定も肯定もせず、無言のまま俯《うつむ》いた。

「どうせ、この屋敷から逃げることは不可能だ。だが念のために、そういう行為は監視しているんだよ」

「……分かっていました」

「なんだと？」

夕貴の意外な言葉に、私は思わず彼女を見返した。

「きっと用心深いご主人様のことですから、たぶん……そういう仕掛けはあるはずだと」

「では、承知の上でこんな無駄なことを？」

「無駄ではありません……こうすれば、きっと来てくれると思って……わざと……」

「私を呼ぶためだと？」

なるほど……ここには私に連絡を取る方法はない。

躾は気が向いた時にだけ行っているのだ。それを待っていたら、いつ私と会えるのか夕貴には知る由もなかった。

「ご主人様に……今すぐに聞いていただきたいことがあって……ですから……」

「聞いて欲しいこととはなんだ？」

「ここを逃げられないことは……もう十分に分かりました。だから……せめて両親に連絡を取りたいんです」

「は……ふざけるな！」

誘拐された上に、監禁までしているのだ。両親に連絡などされたらすべてが露見してしまうではないか。

子供でもあるまいし、そんなことを私が許すはずなどないと分かりそうなものだ。

「お願いします！　父はわたしのことを心配して毎日電話をしてきます。なのに、いきなり連絡が取れなくなったら、どれだけ心配していることか……」

「私の知ったことではない」

「助けを求めるためにに、連絡するんじゃないんです。わたしが無事なことを知らせて……安心させてあげたいだけなんです」

「……ダメだ」

言いたいことは分かるが、夕貴はまだ私に反感を抱いている状態だ。連絡などさせるわけにはいかない。

「約束します、絶対にここでのことは話しませんから」

夕貴はなおも食い下がったが、どれほど哀願されようと、許すことなどできない。

そう告げて部屋を立ち去ろうと思ったが……。

私はふとあることを思いついた。

「……いいだろう。そこまで覚悟しているなら、連絡だけは取らせてやる」

「ほ、本当ですか⁉」

「ただし直接会わせるわけにはいかないし、連絡の方法は私が決める。でなければ、この話はなしだ。どうだ……従うか？」

「わ、分かりました。どんな方法でも連絡を取らせてもらえるなら」

「よし……では、三十分後に出かけるから、外出の準備をしておけ」

私はそう言い残すと、今度こそ夕貴の部屋を後にした。

親に連絡……か。

いいだろう、取らせてやる。

ただし、私を騙《だま》して呼びつけた償いだけはしてもらうがな……。


夕貴を車に乗せてやって来たのは、屋敷から少し離れた街にある廃ビル。

うちの会社が取引先から担保として取り上げた物件だが、新しい利用価値が見出《みいだ》せないまま放置されているのを、あることに使用している。

ここの存在を知っているのは課長クラス以上の者だけなので、夕貴が場所の見当をつけることはできないだろう。

「さあ、着いたぞ」

道順を覚えられないよう、念のためにつけた目隠しを取ってやると、夕貴は辺りを見まわして、怪訝《けげん》な表情を浮かべた。

「ここは……」

「地下の駐車場だ。この上で、待ち合わせることになっている」

「あ……それじゃ、お父さんはここに？」

「ああ、もう来ているはずだ」

私は夕貴を促すと、階段で三階へ上がった。

このフロアにある一室が、彼女と父親の再会の舞台となる場所だ。

薄暗い廊下を歩いて、その部屋のドアの前に立つと、私はゆっくりとドアを開いた。

「あッ……！」

部屋に入ると、夕貴はすぐに歓喜の声を上げた。目の前にあるガラス窓の向こうには、すでに彼女の父親が来ていたからだ。

「お、お父さん！　お父さんっ！」

抑えていた感情が一気に噴き出し、夕貴は父親に向かって叫び続けた。

だが……。

「お父さん……わたしよ！　夕貴です！」

父親から返事が返ってくることはない。

夕貴は辺りに視線を走らせて、そのガラス窓の向こうへ行く通路やドアを探したが、部屋にはそんなものは存在しなかった。

「お父さん……。どう……して……？」

夕貴は答えを求めるように、私の方を振り返った。

「ふふふ……無駄だ。返事は返ってこない」

「え……どういう……ことですか⁉」

「こいつは厚い防音ガラスなのさ。しかもマジックミラーになっているから、こちらからは見えているが、あちらからこちらを見ることはできない」

「な……！」

元々、ここは会社が非合法な取引を行うために使用しているのだ。この部屋はその監視のために造ったものなので、それなりの設備が施されている。

ここでどんなに大声を出そうとも、向こうには物音ひとつ伝わらないだろう。

「そ、そんな……約束が違います！　会わせてくれるって言ったじゃないですか⁉」

「私は言ったはずだ。直接会うのはダメだ……と。だから、こうしてガラス越しに会わせてやっているんだろう」

「で、でも……お父さんから見えないんじゃ、意味がありません！　わたしの無事な姿を見せてあげなければ……」

「ふふふ……見せてやるがいい」

私はそう言うと、背後から両手で夕貴の乳房を掴《つか》み上げた。服の上からでも、手のひらいっぱいに柔らかい感触が伝わってくる。

「い、いやっ！　なにをするんですか⁉」

「父親に見せてやりたいんだろ？」

ベリッ……ベリリッ！

夕貴の服の合わせ目に指を潜り込ませると、そのまま力任せに引き裂いた。着ていたブラウスのボタンが弾《はじ》け飛び、中から白いブラジャーが露出する。

「ああっ……！　ダメッ！」

「ほら、見せてやれ。今のお前の姿を」

「そんな……わたしが見せたいのは、元気で無事な姿で……」

「こんな淫《みだ》らに躾けられているんだ。それを見せなければ、意味ないじゃないか」

ブラをむしり取り、勢いよく飛び出してきた乳房をギュッと絞り上げる。薄暗い室内に、ピンク色の乳首が艶《なま》めかしく浮かび上がった。

「やめて……やめてくださいっ」

「見ろ、乳首が硬くなってきたぞ」

指の隙間《すきま》から顔を覗《のぞ》かせる乳首をそっと刺激してやると、夕貴の身体《からだ》がピクピクとのけ反るように反応を示した。この数日間で何度も躾を行っているせいか、少し触れただけでも過敏に感じるようになっているのだろう。

「この様子では、あっちの方もだいぶ染みてきているんじゃないか？」

「そ、そんな……そんなこと……ありませ……んッ！」

否定する夕貴のスカートに片手を潜り込ませ、ショーツの上から指でなぞり上げてやる。

彼女の言葉に反して、そこは大量の蜜《みつ》を溢《あふ》れさせていた。

「くくっ……お前の身体は、いやらしい牝として確実に成長しているよ」

「やァ……ふあぁッ！」

「私としては、この素晴らしい娘の姿を、ぜひ見せてあげるべきだと思うがね」

「ダ、ダメェ……そんな酷《ひど》いこと……絶対に……うぅッ！」

ショーツの中へ指を侵入させようとすると、夕貴は両脚をすり合わせるようにして拒否の姿勢をとる。

「チッ……」

その反抗的な態度がカンに障った。まだまだ躾が足りなかったようだ。

私はポケットからリモコンを取り出すと、ボタンのひとつを押した。

『おい……夕貴！　どこにいるんだい⁉』

「……っ⁉」

室内に設置されているスピーカーから、向こうの部屋にいる夕貴の父親の声が聞こえてきた。ガラス窓の向こうで、辺りを見まわしながら、何時《いつ》まで経《た》っても姿を現さない夕貴に向けて語りかけている。

『お父さん、お前が会いたいって言うから……仕事もそっちのけで会いに来たよ！』

「あ……」

父親の声を聞いて、夕貴はピタリと動きを止めた。

『夕貴！　ここにいるのなら顔を見せておくれ。ここ最近、電話も通じなくて……本当に……本当に心配してたんだ』

「お、お父さん……」

『お母さんなんて、心配で寝込んじまった。早く顔を見せて、安心させてくれないか⁉　頼む……お願いだから！』

「お父さん……あぁ……あぁぁぁ……」

久しぶりに聞いた父親の声に、夕貴を支えていた気勢は一気に削《そ》がれてしまったようだ。今の自分の状況に、絶望的な声を上げて泣き始めた。

「ははは ッ……感動的じゃないか。どうだい、なかなかいい演出だろ？」

「うぅ……酷い……酷すぎるぅ」

「この部屋には、いろいろ仕掛けがあるんだよ……」

そう言いながら、私は再び夕貴のショーツに手を伸ばした。すでに抵抗する気力もなくなったのか、彼女はされるがままになっている。だが、ショーツの中に指を潜り込ませると、さすがに腰を振って私の手を退けようとした。

「あっ……もぅ……やめてください。お願いだから……これ以上は……」

「そんなことを言っていいのか？」

「え……？」

私は戸惑う夕貴の目の前に、持っていたリモコンを突きつけてやった。

「このリモコンでなにを操作できるか分かるか？　今は、あちらの声を聞こえるようにしただけだが、こっちのボタンを押せば、目の前のマジックミラーのフィルターが解除されて、ただのガラスにしてしまうことも可能なのさ」

「ガ、ガラスに……」

「そうすれば、お前の元気に喘《あえ》いでいる姿を見せてやることができるぞ」

「そ、そんな……イヤァ……！」

想像することさえ恐ろしいのだろう。

夕貴は私の言葉を頭から振り払うかのように、大きく首を振った。

「ふん、なにを恥ずかしがっている。父親の目の前で陵辱されているというのに、これほどしっぽり濡《ぬ》らしてる牝犬が！」

「あぁ……い、言わないでぇ……も、もう……」

ショーツに潜り込ませた指を、割れ目にそって細かく刺激していく。そのたびに、ビクビクと夕貴の身体が強張《こわば》り、奥からは新たな蜜が溢れてきて私の指先を濡らした。

すでに下着として役に立たなくなっているショーツを膝《ひざ》まで引きずり下ろすと、私は手にしていたリモコンを無理やり夕貴に握らせた。

「さぁ、父親に会いたかったら、自分でそれを押せ」

「なっ……!?」

「もしかしたら、助けてくれるかもな……哀れな淫乱《いんらん》娘を」

私は手早くズボンの前を開けると、すっかり怒張しているモノを、背後から夕貴の中心部分にあてがった。

「な、なにを……あっ、あぁぁッ！」

戸惑う夕貴の腰を両手で掴むと、私は勢いよく彼女の中へと沈み込んでいく。

「はぁッ！　くあぁぁ……や、やめ……てぇ～ッ！」

夕貴の言葉とは裏腹に、亀頭部分が粘膜を掻《か》き分けるようにして最奥まで突き進んでいくと、愛液にぬめった秘肉が熱く蠢《うごめ》くように絡みついてくる。

「くっ……相変わらず、なんて締めつけだ。ギュウギュウと咥《くわ》え込んできやがる」

私は繋《つな》がったまま夕貴の両脚を抱え上げると、彼女の身体を背後から抱え上げるような体勢を取った。

「あぁっ……い、いやぁぁーっ！」

「ほら、こうすれば父親にもよく見えるだろう。そのボタンを押してみろ」

夕貴の内部を掻きまわすように腰を振り立てながら、結合部を彼女の父親の方へと向けた。この状態でマジックミラーのフィルターが解除されれば、すべてが丸見えになるだろう。

「うぅぅ……ひぃぃ……くあぁぁ……」

夕貴はリモコンを握りしめたまま、私の言葉を否定するように首を振る。とてもではないが、父親に助けを求められるような姿ではない。

「許して……もぅ……許してください……」

「……なんだと？」

「これ以上は……耐えられません……あぁッ……はぁぁんッ！」

下から突き上げるたびに、夕貴は涙を浮かべ、苦痛の表情で喘ぎ声を上げ続ける。だが、その身悶《みもだ》える様子は、逆に快楽を貪《むさぼ》り続ける表情にも見えた。

「ふん……顔で泣いても下は大洪水だ。どっちがお前の本性なんだ？」

「や、やめて……やめてぇ……いやぁぁ〜ッ！」

夕貴は絶頂直前の切羽詰まった叫びを繰り返しながら、私のモノを今まで以上に締め上げてくる。その痙攣《けいれん》するような動きが、私に射精の衝動を生じさせた。

「ははッ、お父さん……アナタの娘は本当に最高です。まったく極上の肉人形だ！」

「な、なんで……こんなぁ……ふあぁぁッ！」

「どうだ夕貴？　今の姿を一目だけでもお父さんに見せてみようじゃないか」

「や、やめて〜っ！　は、早く私と一緒にイッてください」

「なに……？」

「もう我慢……できないんです……だか……ら……」

息を詰まらせながら、夕貴は必死になって哀願する。これだけ嬲《なぶ》られ続けたのだから、そろそろ限界なのだろう。

仕方ない。今日はこの辺で楽にしてやるか。

「よし……では父親の前で、私の精液をたっぷりと注ぎ込んでやろう」

そう言うと、私は一気にスパートをかけるように腰を動かした。快楽の頂点へ向けて、夕貴の身体を貫かんばかりの勢いで突き上げていく。

「ひぁぁッ……あ、ああ……あぁぁん！」

絶叫した夕貴が、私の腕の中から跳ね出すほどに全身を反り返らせる。

ペニス全体を締め上げながら痙攣を繰り返す膣穴《ちつあな》に向けて、私は、欲望と共に白濁の液を放った。

「あっ……あああ……」

溢れ出るほどに大量の精液を受け止めながら、夕貴は、私の腕の中で、真っ白に燃え尽《つ》きてしまったかのように脱力していく。

絶望の色が浮かぶ瞳《ひとみ》から、大粒の涙がこぼれて頬《ほお》を伝った。


とりあえず、夕貴は以前とは比較にならないほど従順になった。指示通りにしなければ、私が自分の両親にまで害を及ぼすと思っているのだろう。

無論、夕貴が反抗的な態度を取り続けるのなら、私はどんな方法でも取るつもりだった。

その意志が伝わったのか、マジックミラー越しに父親と再会させて以来、夕貴は私の言うことを忠実に実行している。

この調子で躾を続ければ、夕貴が完璧《かんぺき》に仕上がるのも時間の問題だろう。

だが、残りのふたりの方は未《いま》だに手こずっていた。

夕貴は元々従順なところがあったが、ふたり……特に恵美子の方は、一条財閥の娘という気位の高さが邪魔をして、その態度はまだまだ反抗的だ。

それを強引に変えていくのが快感なのだが、あまり彼女だけに時間をかけるわけにもいかない。なんとか、手っ取り早く恵美子を大人《おとな》しくする方法を考えなければならなかった。

そこで、一計を案じた私は、彼女を屋敷の外へと連れ出すことにした。

「どうだ、緑豊かな素晴らしい森林だろう」

「……ええ……そうね……」

「昔、この辺りはハイキングコースになっていたらしいが、今はこの山一帯が私有地になっていて、一般人は近付けないようになっている」

そう言って、私は背後を歩く恵美子を振り返った。

「だから、そう恥ずかしがることはない」

「……くっ」

笑みを含んだ私の言葉に、恵美子は悔しそうに唇を噛《か》んだ。

恵美子には無理やりボンデージ衣装を着せてある。屈辱的な格好をさせるのが目的であったが、屋敷から連れ出すので、逃亡を防止するという意味もあった。

露出度の高いボンデージ姿のままでは、逃げ出しても街へ行くのは恥ずかしいだろう。プライドの高い恵美子なら尚更《なおさら》である。

だが、それでも逃亡のチャンスを窺《うかが》っているのか、さっきからほとんど口を利かずに、きょろきょろと辺りを見まわし続けていた。

「もう少し、奥まで行ってみよう。休息場がある」

私はそんな恵美子の様子を監視しながら、更に先へと進んでいった。

と——その時。

ガサッガサッ！

突然、先にある休息場の方から物音が聞こえてきた。

「……っ!?」

草を踏み分けるような音に、恵美子はハッと顔を上げた。

聞こえてくるのは、間違いなく人の足音である。

「だ、誰かいるの!?　助けてぇ！　助けてぇーッ！」

「あ……恵美子！」

私が制止する間もなく、恵美子はいきなり足音のするほうへ向けて走り始めた。

この機会を逃すと永遠に地獄から逃れられない……そんな走り方だ。

「誰か！　いるんでしょう！　お願い……ワタクシを助けてぇッ!!」

叫びながら走り続ける恵美子の後を追ったが、出遅れたせいもあってなかなか追いつくことができない。私が手間取っている間に、恵美子はついに休息場へとたどりついた。

そこにはふたつの人影があった。

「あッ……よ、よかった！　本当に人がいてくれたのね！」

恵美子はホッとした表情を浮かべて、そこにいたふたりの男の元へと駆け寄った。

「おや……どうしました、お嬢さん？」

「また、随分と過激な格好ですな」

ふたりの男たちは、いきなり現れたボンデージ姿の恵美子を舐《な》めるように見つめた。

「こ、これは……悪い男に捕まってるのよ！　それで、こんな格好までさせられて……」

「ほう……悪い男ねぇ」

「それは、あの人のことですかい？」

男たちは、ようやく追いついた私と恵美子を交互に見て薄ら笑いを浮かべた。

「そ、そうよ……あの男よ！　あの男はワタクシを誘拐して、ずっと閉じこめていたのよ！　早くあの男を捕まえてっ、放っておいたらなにをするか分からないわ」

恵美子は必死になって訴えた。

だが、男たちは互いに顔を見合わせて、にやにやと笑い合ったままだ。

「ね、ねえ……どうしたのよっ⁉　早く助けてよっ」

自分の思い通りに男たちが動かず、恵美子は苛立った声を上げた。

まったく……こんな時にまで、すべての者が自分の意のままになると思っているようだ。

「お前たち、よく来てくれたな。時間通りじゃないか」

「……え……？」

私が男たちに語りかけると、恵美子は驚いたように目を見開いた。

「時間厳守はサラリーマンの鉄則ですよ、課長。まあ……会社を追い出されて、現在は無職の身ですがね」

「まったくありがてぇ。金がない時に、こんな美味《おい》しい仕事をまわしていただけるなんて」

「な、なによそれ……いったいどういうこと？」

事情が分からない恵美子は、戸惑うように男たちを見た。

くくくっ……一般人は立ち入ることができないと言ったばかりなのに、人がいるなどおかしいとは思わなかったのだろうか？

もっとも、私が雇った男たちがいるとは想像できなかったに違いないが……。

「今日はお前たちの特技を活《い》かして、しっかり働いてくれ。仕事ぶりによっては……特別ボーナスも弾んでやるぞ」

「ほ、本当ですか!?」

「課長は神様だっ。女を嬲るだけでいいなんて、楽な仕事だなぁ……くくく」

「な……ア、アナタたち！　この男の……仲間なの!?」

ようやく事情が飲み込めたらしく、恵美子は驚愕《きょうがく》の表情で男たちから後退《あとずさ》った。

「こいつらは会社でも札付きの悪でな。今回は、お前の躾のために来てもらったんだ」

「そうさ、仲間なんて恐れ多い……神様って言ったろ？」

「神様の命により、わがまま娘にはお仕置きをしなくちゃな」

私が説明すると、男たちはにやにやと恵美子に近寄っていく。

会社ではかなりの問題を起こしたやつらだが、女性に対する非道ぶりが気に入って、いずれは役に立つだろうと以前から手懐《てなず》けておいたのだ。

「さて……早速だが、そろそろ仕事に入ってくれるか」

「へい、分かっております」

男のひとりが素早く動いて、恵美子の身体を羽交い締めにした。

恵美子に声を上げる間も与えず、あっという間に地面に押し倒すと、もうひとりの男が彼女の両脚を固定する。

「な、なにするのっ、放しなさい！」

ようやく恵美子が声を上げた時には、すでに身体の自由を奪われ、男たちの前に白い乳房が晒《さら》されていた。

「こら、暴れるなっ。まったく……なんて粗雑な娘だ」

「やめてっ！　……そ、そうだわ……言うこと聞いてくれたら、後でパパに言っていくらでもお礼をあげるから」

「お礼だと？」

「ワタクシのパパは、一条グループのトップなのよ。お金なんていくらでも……」

「ほぉ、一条グループのねえ……くくくっ」

「ははは っ……こんな格好をしてご令嬢とはね。聞いて呆《あき》れるぜ」

男たちは、恵美子の言葉を笑い飛ばした。

詳しい説明はしていなかったが、こんな山の中でボンデージを身に纏《まと》うお嬢様がいるとは、さすがにこの連中も信じられなかったらしい。

「ふ、ふざけないで！　ワタクシは本当に……」

恵美子はなおも自分の立場を主張するが、男たちの意識は彼女の身体へと移ってしまっている。白い肌に手を這《は》わせながら、今から自分たちが自由にできる魅力的な肉体の品定めに夢中のようだ。

「イ、イヤァ……さ、触らないで、無礼者ッ！」

「本当にお嬢様のつもりでいるのか？　本当にイカレてるんじゃないか、この女？」

男のひとりが怪訝そうな顔をして私を見た。

本当にこのままヤッてしまってもいいのか……という顔だ。

「気にするな、いつものことだ」

私は男に頷《うなず》き返すと、恵美子が嬲られる様を見物できる位置まで来た。

その様子を見て、恵美子は助けを求めるような表情を向けてくる。この場での支配権を握っているのが誰であるのか、ようやく気付いたようだ。

だが、ここで男たちを制止するつもりなど更々ない。

　一条財閥の者としての自負を持ち、いつまでも反抗的な態度を取る恵美子には、私が絶対的な王であるということを、一度骨の髄まで叩き込まなければならないのだ。

「残念ながら、私の躾が甘かったようでね。少しお仕置きをしてやってくれ」

「よしっ！　ご主人様のお許しが出たぜ……解禁だぁ！」

「安心してください、課長。我々がこのお嬢ちゃんに、しっかりと現実の厳しさってものを教え込んでやりますから！」

　私が許可を与えると、男たちはハゲタカのように恵美子の身体に襲いかかった。

「え……そ、そんな……イヤよっ！　やめさせて……お願いぃ！」

　乳房を揉《も》まれ、乳首を舐められながら、恵美子は狂ったように抵抗する。

　だが、男ふたりに押さえ込まれている以上、それは虚《むな》しい行為でしかなかった。

　元から下着などないに等しい姿なのだ。男たちの手や指、舌が恵美子の身体中を縦横無尽に這いまわる。その都度、彼女は全身を震わせた。快感というより嫌悪感が先に立つのだろう。

「綺麗《きれい》な手だ……今までなんにも、苦労してないって手だな」

「ひぁッ！」

　男が剝《む》き出しになっている肩から腕へと舌先を走らせると、恵美子は短く悲鳴を上げた。

「お前みたいなバカ女がいるから、世の中ちっとも景気が回復しないんだよ！　リストラされた俺たちと違って、女は身体売りゃあ立派なお屋敷にも住めるってか？」

「うぅ……くあぁん！」

もうひとりの男は、恵美子の乳房を押しつぶすように両手で握りしめた。

「そうやって生かしてもらってるのに……分も弁《わきま》えずわがままを言うとは、いったい何様だよ、テメエは！」

うだつの上がらない自分たちの境遇が、すべてこの女のせいだ……と言わんばかりだ。その怨《うら》みをぶつけるかのように、男たちは激しく恵美子を責め立てる。

その気迫に押され、恵美子の表情は次第に強張っていった。今まで周りにいた者たちに傅《かしず》かれて暮らしていた身としては、これ以上はないほどの恐怖だろう。

「くくくっ……柔らかい胸だ。バカ女でも身体だけは立派なものだ」

「こっちも、さぞかし具合がいいんだろうな」

男の手が恵美子の股間《こかん》に伸び、直接女の部分に触れた。

「ヤ、ヤメテェ……それだけは！」

「へへへ、観念しろ。なんせ持ち主が、お前をヤッてくれって言うんだからな」

「お願い……もぅ許して！　このままじゃ本当に……ワタクシ……」

恵美子は弱々しく首を振って哀願した。瞳からは、ぽろぽろと大粒の涙がこぼれ出す。

もう、一押しというところか……。

「ふふふ……嫌だという割には感じているようだな。どんどん溢れてきたぞ」

指で絶え間なく恵美子の股間に刺激を与え続けていた男は、もう片手を使ってズボンの前を緩めると、いきり立ったペニスを取り出した。

「これなら、そろそろ入りそうだな」

「あぁ……イヤよ！　そんな汚らわしいモノ！」

「なんだと!?　このアマァ……二度と舐めた口がきけないよう、犯し抜いてやるぞ」

「俺も、こっちの口にねじ込んでくれる」

もうひとりの男も、急いで自分のペニスを取り出した。

「ちょっと待て……お前たち」

「な……なんです？　これから、最高にいいとこなのに」

水を差されて、男たちは不満そうな声を上げた。

だが、そろそろ恵美子も観念する頃《ころ》だろう。

「恵美子……一度だけ、チャンスをやる」

「え……」

「心から私に準じ、従うなら許してやらんこともない」

「そ、そんな……これからってとこで……」

恵美子より先に、男たちが顔をしかめて言った。

最高の獲物を前にしてお預けを食っているのだから無理もないが、私はこの男たちに自分のコレクションを与えたわけではないのだ。

「黙れ。お前たちは、黙って私の指示に従えばいい。それができんというのなら……」

「そ、そんな……へへへ……わ、分かりましたよ」

不承不承ながらも、男たちは私の言葉に頷いた。

使い込みを働いて会社をクビになったのを、金を与えて救ってやっているのだ。私に反抗できるような立場ではない。

「で、でも……この女が言うことをきかなけりゃ、ヤッちまっていいんですよね？」

未練がましく訊《き》いてくる男に、私は大きく頷いてやった。

「もちろんだ。その時は身体ごとくれてやるから、好きにすればいい」

「よーし！　ねぐらに連れてって、仲間のホームレスたちと一緒にさんざん弄《もてあそ》んでやるぜ」

「な……!?」

私たちの会話を聞いていた恵美子は、驚愕の表情を浮かべる。

そんなことになったら、おそらくこの女は生きてはいけないだろう。

「それでどうなんだ？　心から従うか……それとも……」

「わ、分かったわ！　従う……心から従うから！」

「今度こそ……口答えもなしだ。それと、その口のきき方もなんとかしろ。私のことは、ちゃんとご主人様と呼んで敬うんだ」

「あ……う……」

まだわずかに残っているプライドが、恵美子の返事を鈍らせているらしい。

「どうした？」

「そら、イヤだって言え。そうすりゃ……俺たちが可愛《かわい》がってやる」

「わ、分かった……い、いえ……分かり……ました」

男たちの下卑た笑いに背中を押されるようにして、ついに恵美子は堕《お》ちた。今までの自分をすべて捨てて、自ら私に追従すると宣言したのだ。

「くくくっ……聞いての通りだ。ご苦労だったな……お前たち」

「チッ……！」

男たちは心底不満そうな顔をしながら、仕方なくという感じで恵美子から離れた。

「こいつが粗相をしたら、またその時は頼む。約束通り、特別ボーナスも弾んでやる」

「あ……へへへ！　ありがとうございます」

「もちろん！　すぐ飛んでくるんで、絶対に呼んでくださいよ」

「ああ、分かったよ……ふふふ」

まったく、バカな連中だが、道具としてはなかなか使えたようだ。

恵美子は己の無力さと、私の力を見せつけられ……完全に打ちひしがれている。わずかな望みも絶たれて、今までの気の強い面持ちもない。

そう……これでいい。

こうでなくては、これからの本格的な躾が行えないのだから……。


さて……残るはまりんだ。

彼女は特別に反抗的なわけではなかったが、何日も監禁されている状態だというのに、未だに現実が理解できていない節がある。

私のコレクションのひとつとなったにもかかわらず、もう一度ステージで歌いたい……などと、戯言《ざれごと》を言っているぐらいなのだ。

このままでは、躾を続けたとしても最高のコレクションには到底なり得ない。

改めて自分の置かれた立場を再認識させてやる必要があるだろう。

まずは、彼女の中のアイドルという虚像を打ち砕いてやる。

……私はまりんをホールへと連れ出すことにした。


「あっ、テレビだ！」

ホールにやって来たまりんは、部屋の中央に置かれたテレビを見て顔を輝かせた。

「あの……もしかして……」

「そうだ。これからテレビを見せてやる」

「えッ？　ほんとなの!?　やったぁ！」

「そんなに嬉《うれ》しいか？　たかがテレビで……」

「うん。だって久しぶりだもの」

まりんは、にこにこと無邪気な笑みを浮かべている。

彼女に与えている個室には、テレビはおろか雑誌などの娯楽に関するものは一切置いていない。この数日間、さぞかし退屈していたのだろう。

しかし、その笑顔がいつまで続くことやら……くくっ。

私は溢れてくる嗜虐心《しぎゃくしん》を抑えながら、テレビのリモコンのスイッチを入れた。

途端、真っ黒だった画面に、ライトアップされたステージと、きらびやかな衣装を身に纏ったひとりのアイドルらしき少女が映し出された。

どうやら、歌番組のようだ。

「あっ……マキちゃんだ！」

画面に映った少女を見て、まりんは声を上げた。

「知り合いか？」

「うん。私と同じ事務所のアイドルなの」

言われてみれば、確かにまりんと同年代の少女だ。

まりんほどの魅力は感じないが、アイドルとしては十分な容姿を持っている。

「ほう、仲がよいのか？」

「それが……仲良くしたいんだけど、マキちゃんはまりんのこと嫌いみたいなの」

「なぜだ？　ライバルだからか？」

「分かんない……マキちゃんは、いつもまりんのこと子供だってバカにするの。可愛いだけじゃ長続きしないから、早く引退しちゃえって」

「…………………」

マキとかいう娘の言っていることは間違っていない。

確かにまりんはいい素質を持っている。だが、それは私に躾けられることによって最大限に引き出される、牝奴隷としての魅力だ。

あのままアイドルを続けていたとしても、幼さが抜けることはなく、今まで以上に人気が出ることはなかっただろう。

「まりん、この番組に出るのが夢だったんだ。いいなぁ……マキちゃん……」

チッ……と、私は短く舌を打った。

まりんは、アイドルとして大成するという夢を未だに持ち続けている。

それは現在自分が置かれている現実からの逃避にしか過ぎない。私のコレクションになったのだということを自覚していない証拠だ。

もう、お前は清純なアイドルには戻れないのだ。

それをこれから分からせなければならない。

私は改めてそう考えると、熱心に画面に見入っているまりんを、いきなり背後から突き飛ばしてやった。

「えっ……キャッ！」

不意をつかれ、まりんは床に俯せの状態で倒れ込む。私はすかさず彼女に近付くと、部屋着として与えてあったパジャマのズボンを下着ごと引き下ろした。

「な、なにするの⁉　やめてェ！」

まりんは羞恥心《しゅうちしん》に顔を染めながら、慌てて剥き出しにされた下半身を手で覆い隠そうとする。だが、そんなものは無駄な抵抗でしかない。

「お前は黙ってテレビを見ていればいい」

「そ、そんなァ……こんなことされたら……」

「お前は私のコレクションとなったのだ。もう清純なアイドルになることなど、できはしないということを教えてやる」

私は、まりんの尻に手を伸ばすと、その狭間《はざま》に向けて指を進めていった。弾力のある尻肉に包まれた、彼女の秘所に向けて……。

「キャァァッ！　やだァーッ！」

「くくくっ……いい身体だ。ぞくぞくする」

まだ濡れてはいないが、指が割れ目に触れると、まりんは悩ましげに腰を振った。

片手を乳房に伸ばし、ゆっくりと揉みしだいてやる。手のひらに吸いつくような肌のきめ細かさだ。この適度な弾力を持つまりんの乳房の感触を味わえば、どんな男でも興奮せずにはいられなくなるだろう。

「ふあァん……んッ、テレビを見るだけじゃ……なかったの⁉」

「誰がそんなことを言ったんだ？　お前をここに連れて来たのは躾をするためだ」

「そんなァ……酷い……くッはああァァッ！」

指先で乳房の先端を摘《つま》み上げ、弾《はじ》くようにして激しく愛撫《あいぶ》する。

徐々に充血し、ゆっくりと頭をもたげてくる乳首は私の興奮を更に増幅させていった。

「はぁ……はぁ……んぁぁ‼」

股間にあてた指先を割れ目に沿って何度も往復させているうちに、その奥から熱いものが滲《にじ》み出してくる。突然のことにまりんはまだ動揺していたが、身体の方は一足先に感じ始めているようだ。

「くくっ……テレビに出ている女よりも、お前の方がずっと素晴らしいぞ」

高まる感情と呼応するように怒張したペニスを取り出すと、まりんの尻のラインに沿って滑らせ、一番熱い部分にあてがった。

「あぁ……いやっ！」

すでに何度か指による躾は施してきたが、実際に男根を挿入するのは初めてだ。

男性経験がないと思われるまりんには、一番効果的な時期を見計らって破瓜《はか》の痛みを味あわせてやろうと思っていたからである。

今回は、その絶好の機会だ。

「お願い……それはイヤァッ……！」

「私のコレクションになるためには、これは避けて通れない道なんでね」

なんとか逃れようとするまりんの腰を押さえつけ、私はじわりと腰を押し出していく。

「うぐっ……うっ、ああああーっ!!」

まりんは甲高い悲鳴を上げ、背中を大きく弓なりに反らせた。

「くくくっ……想像していた以上の素晴らしさだぞ、まりん」

まだ先端部分しか挿入していないというのに、彼女の内部はギュウギュウと私を締めつけてくる。その柔らかい秘肉の感触は、他のふたりに劣らない心地よさだ。

「イヤァ……痛い……痛いのぉ……もうイヤァァァ！」

まりんは大きく首を振って泣き叫んだが、私は容赦せず更に腰を押し進めていく。ぷつんとなにかを押し破る感触と共に、ペニスは一気にまりんの奥深くへとはまり込んだ。

結合部を見下ろすと、まりんの太股《ふともも》を伝ってホールの絨毯《じゅうたん》に赤い滴りが落ちた。

「これで、お前は清純なアイドルなどではなくなったわけだ。だが、喜ぶんだな……これからは私のコレクションとして、存分に女としての魅力を開花させてやる」

「あっ……ああああ……」

破瓜の苦痛と絶望感に顔を歪《ゆが》めるまりんには、私の言葉など耳に届いていないようだ。

くくくっ……今はそれでも構わない。この苦痛が快楽に変わる時まで、さして時間はかからないだろうからな。

処女特有の狭さと締めつけに酔いしれながら、私はゆっくりと腰を動かしていった。

「アイドルなどという外見で惑わす存在など……意味がない！」

「あッ……あッ……あんッ！　はあぁぁぁ……ぁ……」

「この……男を欲情させ、獣《けだもの》とする力が必要なのだ！」

徐々に込み上げてくる射精感に突き動かされ、私は相手が処女を失ったばかりだという
ことも忘れて、一段と激しく腰をまりんの尻へとぶつけていった。

「くあぁん！　や、やだ……あッ、もう……んぅッ、やめてェ‼」

この様子は隠しておいたビデオカメラで一部始終撮影してある。

まりんには、後でそれを存分に見せつけてやるとしよう。

もう二度と自分がアイドルなどと思わないように……清純とはかけ離れた存在である、
汚い牝犬《めすいぬ》になり果ててしまったことを教えてやるために。

男のモノを根元まで咥えている姿を……。

そして、アソコからべっとりと精液を垂らしている自分の姿を！

おそらく彼女は絶望感に囚《とら》われるだろう。だが、心配する必要などない。彼女には、私
が新しい夢と希望を与えよう。

私のコレクションとして生きる、素晴らしい世界を……な。

「イクぞ、まりん。中に注ぎ込んでやるからな」

「ああっ！　そんな……イヤァァァァッ！」

まりんの虚しい声がホールに響き渡る。

同時に、私は大量の精を彼女の膣内で存分に解き放った。

PART 4 公開

FROM:Hades　To:Mephisto
Subject:順調に進んでいる
先日、まりんに服従を誓わせた。
今まではなかなか苦労させられたがな……。
これでいよいよ三人とも私の虜《とりこ》だ。
躾《しつけ》の方も順調に進んでいる。
彼女たちの生まれ変わった姿を、君にも見せたいものだな。

「さて……」

メフィストへのメールを送信すると、私は本日の躾を行うために庭園へと出た。

屋敷の規模に相応《ふさわ》しい豪華な庭園には見事な花々が咲き誇っている。私はそれらの花々を楽しみながら、待っていた恵美子に声をかけた。

「準備はできたか？」

「はい」

芝生の上に用意されたガーデニング用のテーブルに着くと、傍らに立っている恵美子が静かに頷《うなず》いた。先ほど言いつけておいた通り、ちゃんとメイド服を着込んでいる。

「そうか、どれ……」

私は恵美子の全身をくまなく見つめた。

今回の躾は接客。相手に尽《つ》くす姿勢がなによりも大切であり、コレクションにとっては絶対に欠かせない要素でもある。

そのためには服装も重要だが……その点、メイド服なら妥当な選択だ。清楚《せいそ》なデザインなので、奇は衒《てら》えないが落ち着いたもてなしができるだろう。

「うむ……では、接客の躾を始めようか」

「……はい……」

私の言葉に小さく頷いて、恵美子はグラスに飲み物を注ぎ始めた。

夏の日差しによく合うアイスハーブティーだ。

「おっと、そんな注ぎ方ではダメだ」

「え……」

「私は、ただ単純に接客をしろと言っているのではない」

「そ、それは……」

恵美子は戸惑いの表情を浮かべる。

コレクションとしての接客など、どうしてよいのか分からないという顔だ。

「仕方のないやつめ、そこに座れ」

「あ……」

私は恵美子の腕を引いて、芝生の上に跪《ひざまず》かせた。

「単純にグラスに注がれては客も喜びはしないだろう？　普通では味わえないお茶を出す
……それこそが価値あるコレクションなのだ」

「は、はい……」

「上の服を脱げ。私がどうすればよいか見せてやる」

そう言うと、恵美子は躊躇《とまど》いながらもおずおずと上着を脱ぎ始めた。

「よし、胸を出して谷間を作れ。そこへお茶を注ぐ」

「えッ……胸に……」

一瞬、恵美子は驚いた表情を浮かべたが、すぐに命令通り両手で胸を押さえ谷間を作った。たわわな胸の間に、プックリとした見事な器ができあがる。

「ふふふ……やはりお前はこの胸を活《い》かすのが一番だ。これだけ見事なら、誰《だれ》もがお茶を啜《すす》りたくなるだろう」

私はアイスボックスからいくつかの氷を摘《つま》み上げると、恵美子の胸の谷間に入れた。

「ひぁッ」

「しっかり押さえていろ。隙間《すきま》があると流れてしまう」

「……は……はぃ……」

夏とはいえ、さすがに氷は冷たいのだろう。恵美子は肌を震わせながら、ジッと冷たさに耐えている。

くくくっ……以前の生意気な態度とは大違いだな。

私はすっかり従順になった恵美子を満足して眺めながら、胸の谷間へアイスティーを流し込んだ。

「あ……ああ……」

「氷の上には注がず、肌の上に直接注ぐ。すると氷は溶けにくく、いつまでも冷たいアイスティーを楽しめるんだ」

「は、はい……」

「よし……では頂くとするか」

私はさっそく恵美子の胸に顔を埋めると、注がれたアイスティーを啜った。女の香りがブレンドされたこの一杯は、まさに最高の味だ。

この味を楽しめれば、どんな客でも満足するに違いない。

「だが、これだけではないぞ。胸だけではなく……いろいろな所を伝わせるのも、もてなしのひとつだと思え」

私はそう言うと、恵美子の鎖骨や首筋、唇にまでアイスティーを注いでいった。

「あ……ひぁぁ……んぁッ……！」

当然、胸の谷間のように受け止めることはできず、アイスティーは恵美子の白い肌を伝ってこぼれ落ちていく。

その滴を拭《ふ》き取るように、私は彼女の肌に舌を這《は》わせていった。

「うぅ……あぁぁッ……」

「動くな！　せっかく客が拭いてやってるんだ。ありがたく受けなければ失礼だ」

「うぅ……は、はぃ……でも……ぁ……あぁッ！」

胸をすべて舐《な》め尽くし、今度は更に下の方へと手を伸ばしていく。

手をスカートの中に潜り込ませると、うっとりとした表情を浮かべ始めていた恵美子の顔色が変わった。

「あっ……そ、そこは……！」

「こっちにも垂れていないか、調べてやる」

指を伸ばして股間《こかん》の中心を撫《な》で上げてやると、恵美子はビクッと身体《からだ》を跳ね上げた。舌で身体を愛撫《あいぶ》されただけで、ショーツには大量の愛液が滲《にじ》んでいる。

「ふふふ……これは中まで湿っているな。よく拭いてやらんと」

「んぁッ！」

ショーツの間から指を潜り込ませ、割れ目にそって指を上下に動かしてやる。

「はぁぁぁ……ダメ……そんなことされたら……と、とても……んッ！」

「客に対する粗相は主人の顔を潰《つぶ》すことだ。口答えはするな！」

「……す、すみま……せん……んぁ……」

恵美子は息を荒くしながらも、なんとかエスカレートする躾に耐えた。

ふふふ……随分と辛抱強くなったものだ。

「よし、まだまだ至らないところはあるが……今は、この程度でいいだろう」

私が股間から指を離すと、頰《ほお》を上気させていた恵美子はホッとした表情を浮かべた。

「しかし……お前のフェロモンを啜ったせいで、私の身体もすっかり熱くなってしまった」

「え……」

「この欲望の乾きも癒《いや》してもらわんとな」

「そん……な……」

全身を強張《こわば》らせる恵美子を強引に抱き寄せると、私は用意しておいたロープを取り出し、彼女の腕を後ろ手で縛り上げた。

「あ……な、なにを……」

「ふふふ……もう、これぐらいハードでないと満足できないだろう？」

身動きの取れなくなった恵美子の姿は、私の嗜虐心《しぎゃくしん》を更に増幅させていく。

こうして彼女の美しい裸体を見つめていると、あの気位の高かった女を征服したのだという一時的な満足感は消し飛んでしまう。

もっと……そう、もっと恵美子を服従させたい。その身体で、沸々と沸き上がってくる欲望を十分に満たしたい。

私は、そんな衝動を抑えることができなかった。

「それじゃあ、タップリと弄《もてあそ》んでやろう」

「あ……ご主人……様……」

スカートを捲《めく》り上げてショーツを引き下ろすと、恵美子の表情が甘い期待に緩む。

すでに性行為自体を拒むようなことはしなかったが、それでも先日までは躊躇いが見られたものだ。

だが、今はそんな素振りすらない。

身体を火照らせ、ひたすら私が挿入するのを待ちこがれている。

「そら……こっちへ来い」

私はすでに勃起《ぼっき》しているペニスを取り出すと、恵美子の腰を抱き寄せ、下から彼女の中心部分にあてがった。熱くぬめった膣穴《ちつあな》に亀頭部を押しつけると、恵美子は自ら腰を落とし、私のモノを一気に根元まで飲み込んでいった。

「あぁぁッ……くるぅ……硬いのが……入ってぇ……ううぅん！」

自分の中を突き進んでくるペニスに、恵美子は全身がとろけてしまいそうなほどの快楽を感じているのだろう。彼女は甘い声を上げながら、私の上でのたうちまわった。

「おぉ……いい……締めつけだ」

恵美子が快楽で打ち震えるたびに、私のペニスは彼女の秘肉に強く包まれ、下半身全体に快感が広がっていく。

私は、その感触に引き込まれるように一気に抽挿《ちゅうそう》を開始した。

「はぁ……あぁぁぁん……ふううぅぅん!!」

下から突き上げるたびに、恵美子は荒い吐息を漏らした。

すでに男を受け入れることに慣れきってしまった身体は、更なる刺激を求めるようになるのだろう。抽挿によって浅くなった繋《つな》がりを、恵美子は淫《みだ》らに腰を動かして、より深いものにしようとする。

「ううぅん……スゴイィ……奥に届いてるぅ……うぅぅッ!」

互いの激しい動きに反応し、恵美子の身体が痙攣《けいれん》するように震え始めた。その震えがそのまま膣穴にまで反映し、ペニスを食いちぎらんばかりに締めつけてくる。

私は抑えられない射精の衝動に駆られた。

目が眩《くら》むほど強烈な快楽だ。

「くぅぅ……恵美子……!」

「はぁぁッ……ご主人……様ァ……!」

恵美子も絶頂が近付いてきたのだろう、目が妖《あや》しく虚《うつ》ろぎ、開いたままの唇からは悲鳴

にも似た喘《あえ》ぎ声が漏れてくる。

「はぅぅッ……あはあぁぁん！　もぅ意識が……飛ん……じゃうぅぅッ！」

「くっ……！」

小刻みに震える膣穴の感触に耐えきれず、私は恵美子に向かって最後の一撃を加えた。

FROM:Mephisto　To:Hades
Subject:順調のようだな

躾は順調に進んでいるようだね。

しかもこんな短い期間に、三人とも服従させるとは……。

君にはこの手の才能があるようだ。

今後の活躍も期待しているよ。

ところで……そろそろどうだろう？

まだ完成してはいないようだが……。

一度、君のコレクションを見せてくれないだろうか？

できれば、よい返事を聞かせて欲しい。

「ふむ……なるほど」

私はメフィストからの返信文を読んで、思わず唸《うな》り声を上げた。

どうやら、こうしてメールでやりとりしているだけでは満足できなくなったようだ。

私が彼女たちをどれほど磨き上げたのか知りたくなったのだろう。

「そうだな……」

マウスを操作して、三人のコレクションのデータを表示させた。

思っていたよりも躾は順調に進んでいたが、特に夕貴のデータは他のふたりをはるかに凌駕《りょうが》している。元々素直な性格だったことも影響しているのだろう。

美観、奉仕、服従、魅力……それぞれ及第点まで仕上がっている。

これならば私のコレクションとして、メフィストに見せたとしても恥じることはない。

よし、あいつの誘いに応じてみよう。やはりコレクションは、他人に認められてこそ価値も上がるというものだ。

くくく……コレクターの性分だな。

それに、まだ恥辱に弱い夕貴には、人前に出ることも立派な躾になるだろう。

そうと決まれば時間を無駄にはできない。私はメフィストへ、応諾のメールを送った。

私と共通の価値観を持つあの男なら、きっと夕貴の価値も見抜くに違いない。


前回のように目隠しをしたまま、私は夕貴をある場所へと連れて来た。

「よし、着いたぞ」

「あの……ここはいったい……」

車から降りた時点で目隠しを外してやると、夕貴は不安そうに辺りを見まわした。

ここは港の近くにある、現在は使われていない倉庫だ。

誰が所有しているのか私にも分からないが、メフィストがこの場所を指定してきたということは、おそらく彼の息のかかった会社の持ちものなのだろう。

「そう警戒するな。最近はお前も言いつけを守るようになったから、酷《ひど》いことはしない」

「……………………」

「ただ、今日は私の友人に会ってもらう」

「え……!?」

夕貴の顔が驚愕《きょうがく》に歪《ゆが》んだ。

「友人にお前を見せようと思ってな」

「え……わ、わたしを……見せる……」

夕貴はそう聞いて、いっそう不安を募らせたようだ。今日は特別にボンデージ風の衣装を着せてある。そんな自分の姿を、誰かに見られると考えただけで耐えられないのだろう。

「私と同じ趣味を持った男でな。お前を自慢したいのさ」

「そ、そんな……お願いです、そんなことやめてください！　お屋敷でなら、ご主人様の言いつけに従います。だからそれ以外は……」

「黙れ！　私に口答えするのか？　刃向かうのならお仕置きをすることになるぞ」

「い、いえ……でも……」

「素直に従え。それがお前にとって最良の選択だ」

「うっ……」

夕貴はガックリと肩を落とし、それ以上はなにも言わなくなった。よほど父親の前で犯されたというお仕置きが堪えているようだ。

……それにしても、やはり夕貴のネックは羞恥心《しゅうちしん》を捨てきれないところにある。この程度のお披露目もできないようでは、コレクションとして使いものにならないだろう。

そういう意味では、今回の計画は訓練として打ってつけだったかも知れない。

「いいか、友人の前での粗相は許さない。私のコレクションとして相応しい対応をしろ」

「え……」

「絶対に恥をかかせるなよ。いいな？」

「うぅ……そん……な……」

これからいったいなにが行われるのか分からず、夕貴は怯《おび》えるような表情を浮かべた。

「さて……では行くぞ」

私は持ってきた仮面をつけると鉄製の扉を開けて倉庫の中へと入った。

まだ約束の時間まで少しあったが、すでにあの男は待っていた。

「やあ、久しぶりだね。ハデス」

「そうだな、メフィスト」

最初に会った時と同じように、仮面をつけたメフィストが私たちを迎えた。

すでに互いの素性はある程度知れているので、顔を隠しても無意味のような気もするが、
まあ……素顔を晒《さら》すよりはましというものだ。

リスクはできるだけ減らした方がいい。

それよりも、意外だったのはメフィストもひとりの女を連れていたことである。

夕貴と同じようなボンデージを着ているところを見ると、おそらくは彼のコレクション
なのだろう。

「紹介するよ。これが私のコレクション……夕貴だ」

「ほぉ、この娘が……ふふふ……」

よく見えるように夕貴を前へ押しやると、メフィストは彼女の全身を楽しそうに眺めた。

「あ……ぅ……」

メフィストの値踏みするような視線を受け、夕貴は恥ずかしそうに瞼《まぶた》を伏せる。

胸や尻が丸見えのセクシーな姿をしているのだ。そんな格好で、いきなり見ず知らずの男の前に出されたのだから無理はない。

恐怖と不安で、まともに声すら出せないようだ。

「まさか君が承諾してくれるとは思わなかったよ。それだけ自信があるということかな？」

「まだ十分に仕上がっているとは言えないが、君なら夕貴の価値が分かると思ってね」

「ふむ、確かに美しい顔をしている。少し表情が硬いようだが……それも初々しくて、またよしか。ふふふふ……」

「しかし、君も女を連れてくるとは聞いてなかった」

そう言って、私はメフィストの隣に立つ女を見た。

夕貴ほどではないが、なかなかの容姿を持つ従順そうな女だ。

「君と会うのに手ぶらでは失礼だろう？　それにボクだって、自分のコレクションは人に見せたいのだよ」

「なるほど……」

私は思わず笑みを浮かべた。

やはりこの男は私と同じ種類の人間らしい。

しかし……この女はどこかのパーティで見た記憶がある。確か、この前倒産したばかりの大企業の令嬢ではなかっただろうか？

彼のことだ、おそらく巨額の金と引き替えに手に入れたのだろう。

「よく見付けてきたものだな」

「ふふ……まぁね。なかなか従順で、よく言うことを聞くよ。少し大人《おとな》しすぎて物足りないぐらいだ」

「君はそういうのが好みだろう？」

私の言葉に、メフィストは喉《のど》を鳴らすように小さく笑った。

そんな私たちの会話を、夕貴は身体を震わせながら聞いている。金で女を売り買いする世界があるなど想像もしていなかったに違いない。

だが……自分がすでにその世界にいることを理解させる必要がありそうだ。

「それよりメフィスト。今日はわざわざ出向いてもらったんだ。屋敷の礼もあるし、せいぜい夕貴の奉仕を楽しんでもらうつもりだ」

「え……!?」

私の申し出を聞いて、夕貴の顔がサッと青ざめた。取り乱すことがないように、私はすかさず彼女の腕を背後から締め上げる。

「く……ぁん！」

「いいな、夕貴。彼によく奉仕して差しあげろ。今までずいぶん躾けてやったんだ。やり方は分かっているだろう？」

「うぅ……そん……な……」

「恥はかかせるなよ」

夕貴にだけ聞こえるような小声でつけ加えるように囁《ささや》くと、私は彼女の身体をメフィストの方へと押しやった。

「それでは、ゆっくりと堪能《たんのう》してくれたまえ。君はなにもせず、ただ座っていればいい。後はこいつがやってくれるさ」

「ほう……それは楽しみだな」

メフィストはニヤリとした笑みを浮かべると、

「よし、では君にも楽しんでいただこうじゃないか。おい、失礼のないようハデスに……いいな？」

と、傍らの女に命令した。

「はい、ご主人様」

女はまるで感情を表さずに頷くと、躊躇いもなしに私の方へと近付いて来た。

いきなり私のズボンの前を開け、スッと股間に顔を寄せてくる。

さっきまではまるで人形のようだったのに、メフィストが一言命じただけで、いきなり性の虜になったかのように私の肌を舐めまわし始めた。

「いかがでしょう？　ご要望があれば、なんなりとお申しつけください」

「ああ……では、適当に頼む」

「はい、かしこまりました」

メフィストがこの場に連れてくるだけのことはあって、さすがによく躾けられている。これだけの振る舞いができるまで、かなり教えこんだのだろう。

絶妙の舌使いを披露するメフィストの奴隷の奉仕を受けながら、私は戸惑うように彼の前に立つ夕貴に視線を送った。

「さて、なにをしてくれるのかな？　お嬢さん」

メフィストは夕貴を見つめて面白そうに言う。

「あ、あの……わ、わたしは……とても……」

「いいのかい？　ほら、ご主人様が君の態度を見ているよ」

「え……？」

こちらをチラリと見る夕貴の表情には、明らかに躊躇いの色が浮かんでいる。

そんな彼女を私は苛立《いらだ》たしく見つめ返した。

「あっちでは、もう始まってるみたいだよ」

「で、でも……わたし……わたし……」

「ふふ……本当に初々しいな。こういうのは、かえって希少だが……しかし、やることはやってもらわないとね」

メフィストはそう言うと自らズボンの前を緩めた。

それがなにを意味するのかを悟って、夕貴は頬を赤く染めて俯《うつむ》く。

「さあ、どうした？　後で怒られても知らないよ？」

「う……それは……」

「ご主人様のでずいぶん練習したんだろう？　その成果を見せてごらん」

「……わ、分かり……ました……」

逃れる手段はないと覚悟を決めたのか、夕貴はぎこちない動きでメフィストの股間に手を伸ばすと、まだ萎《な》えている彼のモノに指を絡ませた。

「ふむ……柔らかくていい感触だ。女の指というのは、それだけで心地よいものだな」

「ん……ん……」

夕貴はゆっくりと手を上下させて握りしめたモノを扱き始めた。だが、どれほど刺激を加えても、彼のモノは勃起してこないらしい。

「ん……ん……そんな……どうして……」

「どうした？」

「あ……い、いえ……なかなかその……硬く……」

恥ずかしげに囁く夕貴の言葉に、メフィストは薄い笑みを浮かべた。

「うむ……心地はよいのだが、それだけではダメだ。口も使ってみたらどうだい？」

「え……!?」

「あっちはそうやっているよ？　君のご主人様も気持ちよさそうじゃないか」

メフィストはそう言うと、彼の奴隷に口での奉仕を受けている私を面白そうに見た。

悔しいが彼の指摘する通りだ。かなりの技術を身につけているらしく、この女が私の股間に舌を這わすたびに、快感が背筋を駆け上っていくかのようであった。

無論、夕貴もこの程度のことはできるように躾けてあるが、羞恥心の虜になっている現状では、それを発揮することは難しいのだろう。

「やれやれ……これではさすがに満足したとは言えないよ。ご主人様にも、そう報告せざるを得ないのかな？」

「そ、それは！　待って……くださ……」

夕貴はチラリと私の方を見た。

ここへ入る前に、私が「恥をかかせるな」と言ったことを思い出したのかも知れない。

その命令に反するようなことがあれば、どんなお仕置きが待っているか分からないのだ。

その恐怖心からか、夕貴はそっとメフィストの股間に顔を寄せた。

「おっ……そう……そうだ。ちゃんとできるじゃないか。さすがはハデス。きちんと躾はしているようだな」

「ん……はんん……んぁ……」

メフィストのモノを咥《くわ》え、夕貴は一心不乱に舌と唇を使っている。

この悪夢のような状況を終わらせるには、少しでも早く目の前の男を満足させるしかないと悟ったのだろう。

「うむ……なんという感触だ。熱く纏《まと》わりついて吸い込まれそうだ」

「ふぅ……あんん……んん……」

「ああ、堪《たま》らなくよいな。これは本当に素晴らしい」

メフィストは満足そうな声を上げた。

「まったく……この純心そうな娘を躾けられるハデスが羨《うらや》ましい。さあ、もっと奉仕してくれ。喉の奥まで咥えて、余さずしゃぶり尽くすんだ」

「ふぅ……んんん……ん！」

「くくくっ、こんなに燃えてくるのは久しぶりだよ。そら、舌を絡ませ……吸い上げろ！」

快感によって感情が高まってきたのか、メフィストは声を荒げて夕貴の頭を掴《つか》み、自ら腰を動かして彼女の口内を犯していく。

「あふッ!!　や、やめて……放してください！」

「なにをしている！　口を離すな!!」

あまりの強引さに苦しくなったのか、夕貴は堪らず離れようとしたが、メフィストはそれを許そうとせず、再び自らのモノを彼女の唇に押しつけていく。

「はぅッ……んんんん〜ッ!!」

「そこまでにしてもらおう、メフィスト」

私は堪らなくなって、股間にいた女を払《はら》い退《の》けて立ち上がった。

「な……なに？」

「言ったはずだ。君はなにもせず……ただ座っていろと」

「………………」

「それは私の大事なコレクションでね。触れるのはご遠慮願いたいものだ」

「ご主人……さま……」

今回ばかりは私が救いの神に見えるのだろう。

夕貴はホッとした表情を浮かべ、思わずメフィストが手を緩めた隙に彼から離れた。

「分かるだろう？　君もコレクターなら、それぐらい」

「ふふ……なるほど。これは失礼した」

メフィストは冷静さを取り戻したらしく、身繕いをしながら頷いた。

「私は人のコレクションが羨ましくなる性分でね……つい、取り乱してしまった。この気持ちは、君にも分かってもらえるはずだが」

「ああ……そうだな」

私は同意するように、ちらりとメフィストの奴隷女に視線を向けた。

確かに……彼女が彼の所有物でなければ、このまま屋敷に連れて帰りたいくらいだ。

「それにしても、彼女は本当に素晴らしいね。躾次第で、きっと最高のコレクションができ上がることは間違いないよ」

「ああ、分かっているさ。必ず仕上げる」

「くくくっ……楽しみだね、その時が」

メフィストはそう言って、私の元に戻って来た夕貴を睨《ね》めつけるように見つめた。

その仮面の奥に光る彼の目を見た時……。

私は急に不安を感じた。

それは単純に他人のコレクションを羨むような目ではない。メフィストの目は、まるで獲物を狙《ねら》う狩人《かりゅうど》のようだ。

……この男の目的はなんだ!?

今までは単純に道楽息子の暇つぶしだと思っていたが、よくよく考えてみれば不自然ではないだろうか？

品評会で最高の評価を受ける牝奴隷《めすどれい》を見たいのであれば、自分で作り上げればいいだけのことだ。彼にはその時間も金も十分にある。ましてや彼自身も、自らのコレクションを所持するような男なのだから、それを他人の手に委《ゆだ》ねたりはしないだろう。

だとしたら……？

屋敷を提供してまで、私にコレクションを所持するよう持ちかけたのはなんのためだ？

「では……今日は失礼するよ。この後も用事があるんだ」

メフィストの言葉にハッとして顔を上げると、彼は同行した牝奴隷を伴って、倉庫の出口へと向かおうとしていた。

「そ、そうか……すまないな。わざわざ出向いてもらって」

「いいさ。同じコレクションを愛する同朋《どうほう》だろ……ハデス」

「……ああ……」

「今度会う時を楽しみにしているよ」

そう言い残して、メフィストは私に背中を向けた。

私はその背中を見つめながら、彼が単に好意で屋敷や資金を提供するような男ではないと確信した。私に今回の話を持ち込んだのは、必ずなにか目論見《もくろみ》があってのことだ。

……それがなんなのか。

ともかく、彼の言葉を鵜呑《うの》みにするのは危険だ。彼の目的がなんであれ、こちらもそれ相応の対抗手段を整えておかなければならないだろう。

「あ、あの……ご主人様……」

気付くと、ずっと無言のままだった私を夕貴が不安そうな表情で見つめている。私の命令通り、メフィストを満足させられなかったことを気にしているのだろうか。

「私たちも戻るぞ」

「あ……は、はい……」

足早にこの場から立ち去ろうとすると、夕貴は慌てて後からついて来た。

確かに……夕貴の躾はまだまだ不完全だったようだ。なんの躊躇いもなしにメフィストの命令に従ったあの女と比べれば、その差は一目瞭然《いちもくりょうぜん》だろう。

しかし、あの冷静なメフィストを本気にさせたのだから、素質は十分といっていい。

やはり私の目に狂いはなかったのだ。

なにはともあれ、あの状況で奉仕もしたのだから……予定通り、羞恥心を克服するという訓練にもなっただろう。

本当に次に見せる時が楽しみだ。

そして……その時には。

完全に仕上がった私のコレクションを前にした時こそ、あの男の本当の目的を知ることができるはずだ。

PART5　計略

「さて……と」

私はパソコンの前に座ったまま、今後の計画を練っていた。

メフィストがなにを考えているのか分からないが、彼が危険な存在だとすると、それなりの手段を講じておかなければならない。

なんといってもあの男の背後には、財閥という巨大な組織がある。その気になれば、後ろ盾のない私を消し去ることなど造作もないことだ。

そんな彼に対抗するには、正確な情報と莫大《ばくだい》な金が必要になる。

そのためには、まずメディアを押さえるべきだろう。

彼から与えられた資金はまだ十分に残っている。情報さえあれば、これを元手に運用して、大金を得ることなど私には簡単なことだ。

メディア……か。

そうだ、その方面に顔の利くコレクションを持っていたではないか。

私はパソコンにまりんのデータを表示させた。

夕貴ほどではないが、躾《しつけ》の方は順調に進んでいる。これならば、私の計画を実行するのになんの支障もないだろう。

私は椅子《いす》から立ち上がると、地下にあるまりんの部屋へと向かった。

「おはようございまーす」

まりんが声をかけると、守衛たちは笑顔で挨拶《あいさつ》を返し、黙って道を開けた。

ふふふ……思っていた通りだ。

通常、テレビ局に入るには許可が必要となるが、顔の知られたまりんと一緒にいれば、顔パスで入り込むことができるだろうと踏んでいたのである。

まりんの失踪《しっそう》が知られていれば厄介であったが、彼女の所属する事務所はことが公になるのを嫌って、表向きは休養中ということになっているらしい。

通路を歩いていると、顔見知りのスタッフたちが「もう大丈夫なの？」と声をかけてきたが、まりんはその都度、当たり障りのない返事を返して切り抜けた。

「よしよし……その調子だ。目的は分かっているな？」

「はい、ご主人様」

耳元で囁《ささや》くと、まりんはしっかりと頷《うなず》いた。

これまでの躾が功を奏したようで、彼女は忠実に私の命令に従っている。その姿を満足して見つめながら、私は彼女の後をついていった。

まりんは複雑な造りになっている廊下をしばらく歩き、ある部屋の前で立ち止まった。

「ここがそうです」

「よし……行くぞ」

私は辺りを見まわして人がいないことを確認すると、ノックもせずにまりんが示した部屋――タレントの控え室のドアを開けた。

室内には衣装や小道具が雑然と置かれており、その奥にはおそらくメイクをするためなのだろうか、大きな鏡が並んでいる。中央には革張りのソファーがあり、私たちの目的とする人物はそこに座ってなにかの台本を眺めていた。

しかも都合のよいことに、室内には彼女――マキひとりだけである。

「マキちゃん……」

まりんがそっと声をかけると、彼女は驚いたように顔を上げた。

「えっ……あッ!? まりん!」

「久しぶり、マキちゃん。元気にしてた?」

「あなた……なんでここにいるの?」

よし、チャンスだ。

マキがまりんに気を取られている隙《すき》を狙《ねら》って、私は素早く背後にまわり込み、後ろから薬を浸したハンカチを彼女の口元に押しつけた。

「あ……うっ!!」

咄嗟《とっさ》のことで抵抗もできなかったようだ。

マキは薬によって、あっという間に眠りに落ちていった。

「よし、手筈《てはず》通りにやるんだ。薬は少量しか使ってないから、すぐに目覚めるぞ」

「……はい」

まりんがマキの着ていた衣装を脱がせ始めるのを見ながら、私は次の準備に移るために控え室を後にした。


「んん……あっ……な、なに⁉」

マキは数分も経《た》たないうちに目を覚ました。

そして、目の前にいるボンデージ姿のまりんを見て目を丸くする。

「ふふふ……この格好、まりんに似合ってるでしょ？　どう、マキちゃん？」

まりんはマキの前で、グッと胸を押し出すようにポーズを取った。

「ち、ちょっと……どうしちゃったのよ、まりん⁉　そんな過激な格好で……いえ、それよりも今までどこに行っていたのよ？」

マキは寝ていたソファーから身体《からだ》を起こすと、問いつめるようにまりんを見た。

「女としての魅力を磨くために、ご主人様に躾けられてたの」

「えッ、ご主人……様？」

側《そば》に立っていた私の存在にようやく気付いたようだ。マキはちらりと私を見たが、再びまりんに向き直った。

「な、なに言ってるの？　あなた……頭おかしくなったんじゃない？」

「ご主人様に躾けられて、こんなに魅力的になったの。もう子供なんて言わせないよ」

「ま、まりん⁉」

「マキちゃんもその格好……とっても似合ってる」

「え……あッ！　なに……なんなの？　この格好はッ⁉」

自分がまりんと同じような露出度の高い服を着ていることに気付いて、マキは愕然《がくぜん》とした様子で自らの身体を見下ろした。

「マキちゃんが寝ている間に、まりんが着替えさせたの。とっても似合ってるよ」

「な……ど、どうしちゃったのよ、まりん⁉」

どうやら自分が危険な状況にいることを悟ったのか、マキは恐ろしいものを見るような目でまりんと私を交互に見つめた。

「ふふふふ……まりんはアイドルより楽しいことを見つけたの。それを今からマキちゃんにも教えてあげる」

「え……あッ！　……ま、まりん⁉」

まりんは後退《あとずさ》るマキに近付くと、そっと彼女の胸に触れていった。

「マキちゃんの胸……とっても柔らかい」

「やめてェ……まりん……はぁ……身体が……くッ、身体が動かない……」

マキは慌てて逃げようとしたが、まだ身体から薬が抜けきっていないらしく、思うように動けないようだ。

そんな彼女を押さえつけると、まりんはそれまでより強い刺激を与えていく。

「ふあッ……くッ……やめ……て……お願ぃ……」

「やめることはできないの。だって、やめたらご主人様に叱《しか》られちゃうから」

「ご、ご主人様って……そこにいる人のこと？　あなた……もしかして、その変な人に騙《だま》されているんじゃないの⁉」

キッとした鋭い視線を向けられ、私は苦笑して肩をすくめた。

「あの方は、私を魅力的な大人《おとな》の女に躾けてくれた偉大なご主人様。だから……」

まりんはマキの乳房を潰《つぶ》さんばかりの勢いで強く握りしめる。

「だから、悪く言う人は許さないよ」

「キャアァァ‼」

「ふふふ……とっても素敵なオッパイ。大きさも形もすごくいい」

「まりん、やめてぇ！　お願いだから……」

マキの言葉に、まりんは私の方を振り返ると、このまま続けるのか……という表情を浮かべる。問うまでもないことだ。私はもちろん頷いてみせた。

「くくっ……どうやら彼女は、まりんがアイドル以上に素晴らしいものを見つけたことを信じていないようだな」

「信じる……信じるから……放してェ！」

マキは絶叫して身体を揺する。

「本心ではないな……どうせ口だけだろう。本当かどうか、もっと身体に訊《き》いてやるんだ」

「はい、ご主人様」

まりんは躊躇《とまど》いもなしにマキのスカートの中に手を潜り込ませると、ショーツの上から彼女の割れ目を指で刺激していった。

「はあぁぁ！　あッ……あッ……そこは……ダメ……ふあぁあぁあぁん！」

あらかじめ教えておいた通り、まりんは女芯《にょしん》を溶かすテクニックを駆使してマキを責め立てていく。その指の動きに性感を掘り起こされて、マキは抗《あらが》いきれないようだ。

「ここが気持ちいいの？　それとも、もっと奥に指を入れてあげようか？」

「やめ……て……んんッ……あッ……」

「我慢してないで快感を受け入れるの。そうすれば、もっと気持ちよくなれるよ」

まりんの指が絶え間なくマキの股間《こかん》を蠢《うごめ》く。時間が経つにつれて彼女の声に甘いものが混じり始め、出入りを繰り返すまりんの指がぐちょぐちょと音を立て始めた。

「濡《ぬ》れてきたよ、マキちゃん。私の言ったことを信じてくれた？」

「それは……ふぁあぁぁ……」

「正直に言って。じゃないとご主人様に叱られちゃうから」

マキの耳元でそう囁くと、まりんはそれまで以上に激しく指を使った。

「あッ……は……はんッ！　き、気持ち……ぃい…まりん……」

「ふふふ、やっと受け入れてくれたね」

「はあぁぁん！　んッ……くッはあぁ！　まりん……すごい……あぁぁッ！」

「ありがとう、マキちゃん。お礼にもっとすごいことをしてあげるね」

「はぁ……はぁ……こ、これ以上……なにをする気⁉」

甘い刺激に酔い始めていたマキは、まりんの言葉にハッと顔を上げた。

その時――。

タイミングよく、控え室のドアが開いた。


「うッ……すげぇ……本当にマキちゃんのオッパイだ。くうぅ……柔らけぇ」

「もう、おマ○コがグチョグチョじゃないか。はは……こいつ実は淫乱《いんらん》なんじゃねぇか？」

「淫乱でもなんでもいい、私はもう我慢できない！　入れさせてもらうぞ」

三人の男たちは、マキの乱れた姿を見て興奮を隠そうとはしなかった。

私が呼んでおいたテレビ局の重役とプロデューサー、ディレクターたちだ。

あらかじめ局内の人間を調査し、それなりの権限を持つが、女性関係にだらしのない連中を選び出して声をかけておいたのだ。

彼らに飲み物を勧めるふりをして多少の興奮剤を与えてはあったが、ここまで自らの欲望を剥《む》き出しにするとは意外であった。彼らからすれば得体の知れない私の誘いであるにもかかわらず、簡単にこちらの思惑通りに動いてくれている。

かなり欲望の強い連中なのだろう。

まりんがしばらく姿を眩《くら》ませていたことなど、まるで忘れてしまっているようだ。

「もう私の手だけじゃ、満足できないみたい。後はよろしくね」

そう言ってまりんが身を引くと、三人は一斉にマキの身体に殺到していった。

「ち、ちょっとなに言って……くッ、あああっ……！」

男のひとりが待ちかねたようにマキの身体に覆《おお》い被《かぶ》さり、彼女のピンク色の肉壁を割って、ずぶりと黒ずんだモノを根元まで突き刺した。

「ふぁッ……んッ、は、入ってくる……あああぁん！」

突然の出来事に戸惑っていたマキは、いきなり挿入されて悲鳴を上げる。だが、男は彼女のことなど欠片《かけら》も考えていない様子で激しく腰を使い始めた。

十分に濡れていたとはいえ、荒々しい男の動きにマキは目を白黒させている。

「チッ……しょうがねぇ。俺は後ろを使わせてもらうぜ」

先手を取られたもうひとりの男は、マキを持ち上げて身体の下に滑り込むと、背後から彼女のアヌスに自らのモノを突き立てた。いわゆる二本刺しというやつだ。

「きゃあああっ……い、痛ッ……はあぁぁぁんっ！」

どうやらアヌスに入れられるのは初めてだったらしく、マキは苦痛と恥辱でポロポロと大粒の涙をこぼしている。たとえそこに快楽があったとしても、普通の女性ならばこんな犯され方を喜ぶ者はいないだろう。

「ふぅ……すげぇ……温かくて気持ちいいよ。マキちゃん」

「こちらも相当なものだ。締めつけがきつくてすぐにでもイッちまいそうだぜ」

男たちは呼吸を合わせて、上下からマキを突き立てる。まるで糸の切れた操り人形のように、マキの身体はガクガクと男たちの間で揺れた。

「マキちゃん、こっち向いて」

「はぁ……まり……んッ……んんッ……」

まりんはマキの顔を強引に自分の方に向けると、そのまま唇を重ねていった。

「おおっ、女同士のキス……すげぇ興奮するぜっ」

「ちぎれそうなくらい締めつけてくる。くくくっ……こいつ、こんな可愛《かわい》い顔をしている

くせに、実はヤリマンだったんじゃないのか？」

ダッチワイフのように扱われ続けるマキは、もはや自分を罵《ののし》るように笑い合う男たちに、反論することもできないらしい。

喉《のど》の奥からかすれた喘《あえ》ぎ声を漏らし続けるだけだ。

「くそっ！　わしにも入れさせろっ」

あぶれてしまった中年の重役が、股間を押さえたまま苛立《いらだ》った声を上げる。

「くっ……はぁ……はぁ……すぐに代わりますよ」

実際、上になった男はすぐに達してしまいそうであった。ガクガクと腰を振りながら、マキの奥深くへと突き上げていく。

「くっ……もう……我慢できないっ」

「いいのよ、そのまま中に出しちゃって。マキちゃんもその方が悦《よろこ》ぶから」

まりんの言葉に、それまで男たちのなすがままになっていたマキが顔色を変えた。

「い、いやあぁｯ！　やめてェ、それだけは……」

マキが泣き叫んでも男は動きを止めようとはせず、やがて、うっ……と低くうめいて、ブルブルと腰を震わせた。どうやら膣内《ちつない》で射精したらしい。

「あっ……あああっ！」

男の動きで中に出されたのが分かったのか、マキは絶望の声を上げた。

「さあ……代われ、代われッ！」

男がマキから離れると、すぐに順番を待っていた中年の重役が入れ替わるように彼女を犯し始めた。私の飲ませた薬が効力を発揮しているのか……それとも、マキがそれだけの魅力を持った女だということだろうか。

「次はまりん、お前とヤラせろ！」

マキを犯し終えた男は、まだ興奮が収まらないのか今度はまりんににじり寄った。

「それはダメ。まりんとすることができるのは、ご主人様だけだから」

「なんだそれ？　ご主人……様？」

まりんの視線をたどって、男は私の方に目を向けた。今更ながらのように、私が何者なのか気になったようだ。

「ここに来ればマキが抱けるって言われたが……これはいったい……」

「なに……こういうことだ」

私は部屋に吊《つ》られている衣装の陰に隠してあったビデオカメラを男に見せた。

途端、男の顔色が変わる。一部始終をカメラで撮られていたことを知り、やっと理性を取り戻したようだ。同時に自分がなにをしてしまったのかも。

「これが公開されれば、どういうことになるか……分かっているな？」

「な、なにが目的なんだ⁉」

「目的か……そうだな、目的は色々とある」

まずは、まりんの失踪事件が決して表に出ないよう闇《やみ》に葬ってしまうことだ。そしてテレビ局に集まる様々な情報を、必要なだけリークしてもらうとするか。

「とにかく、控え室でアイドルを犯したという事実をバラされたくなかったら、私とまりんのことは誰《だれ》にも喋《しゃべ》らないことだな」

「うっ……」

男は躊躇いの表情を浮かべていたが、やがて無言のまま頷いた。

私に従うしかないと判断したのだろう。

その後ろでは、まだ私たちの会話に気付いていないらしいふたりの男たちが、マキを激しく責め立てていた。

無論、彼らにも男と同様のことを求めるつもりだ。

「はぁ……はぁ……んッ……くッ、はあぁぁん！」

複数の男によって陵辱され……それを受け入れるマキ。

男たちのモノを咥《くわ》え続けるその姿は、もはやアイドルなどといえるものではなかった。

マキを餌《えさ》にして、メディアの代表格であるテレビは押さえた。

次は、そこから得られる情報を金に換える舞台が必要だ。

色々と候補はあったが、私はやはり自分のいる会社を選ぶことにした。

勝手が分かるというだけでも大きなメリットになるし、なによりも私の能力を十分に活《い》かしきれない無能な重役どもに、一泡吹かせてやりたいという気持ちもあったからだ。

問題は、どうやって会社を私の思い通りに動かすか……だが。

「……夕貴、やはりお前に働いてもらうとしようか」

メフィストに引き合わせた時に比べ、夕貴の躾は、すでにコレクションとして申し分のないほどに進んでいる。

これなら、上手《うま》く会社の重役たちを操ることも可能だろう。

私はパソコンを操作して会社にある自分の端末にアクセスし、重役たちが一同に集まる会議の場所と時間を調べることにした。


「ん……誰だね？　今は大事な会議中だ、後にしなさい！」

会議室のドアをノックすると、中から叱責《しっせき》するような声が聞こえてきた。

それほど重要で内容のある会議が行われているとは思えないが、部外者の入室を禁じることでそれなりの重みを装っているのだろう。

私は苦笑して、隣にいる夕貴を促した。

「木原夕貴です……長らく会社を休みまして申し訳ありません。ただいま戻りました」

「な、なに……木原クンだと⁉　本当か！」

声からすると部長のようだ。

慌ただしく席から立ち上がる気配に、私は夕貴に合図して廊下の隅に身を隠した。

同時に、会議室のドアが開いて見慣れた部長が姿を現す。

「木原クン……本当に木原クンか？　いったい今までどこに……」

夕貴の失踪は社内でも話題になっていたらしく、突然彼女が現れたことに、他の重役たちもザワザワと騒ぎ始めた。

「今は……会議中なんだが……」

部長はチラチラと室内に視線を向ける。

おそらく社長の意向を窺《うかが》っているのだろうが、どうやら許可が下りたらしい。

「とにかく入りなさい。話を聞こうじゃないか」

「ありがとうございます……部長」

部長に促されて、夕貴は室内に脚を踏み入れた。

上手い具合にドアは開かれたままだ。私はそっと会議室に近寄ると、気付かれないように中の様子を窺うことにした。

「心配していたんだぞ。突然、行方不明になって……警察にも届けようと思ってたんだ」

「すみませんでした。大切な役目があって連絡ができなかったんです」

「役目だと？　ま、まあ……とにかく無事でよかった。詳しい事情は後で話してもらうが……復帰はするんだろう？」

「……………………」

「君は有能だ。なにがあったかは知らんが、やり直すなら応援しようじゃないか」

「部長……」

「社長、よろしいですね？」

部長はそう言って、中央に座る社長を振り返った。

「彼女は同僚からも慕われる、素晴らしい人材でして……」

「すみません、もう復帰はできないんです」

夕貴が部長の言葉を遮るように言った。

その言葉が意外だったのか、部長は目を丸くして夕貴を振り返る。

「……できないって、どういうことだね？」

「わたしは、これからずっと……大切な役目を果たさなくてはなりませんから」

「な、なにを言ってるんだ、よく考えたまえ！」

夕貴の素っ気ない答えに自分の上司としての威厳が損なわれたと感じたのか、部長は少し腹立たしげな口調で言った。

「君には我が帝國物産の仕事より、大切な役目があるというのか⁉」

「はい、あります。それにわたしの身体は……もうそれなしでは、生きられなくなってしまったから……」

「木原クン、いったいなにを言ってるんだね？」

さすがに夕貴の様子がおかしいことに気付き、部長は怪訝《けげん》そうな顔をする。

だが、夕貴はその質問に答えず、無言のまま自分のスカートをそっと捲《めく》り上げた。

ざわっ……と、室内が揺らぐ。

目の前でなにが起こったのか、役員たちは咄嗟に反応できなかったようだ。

それもそうだろう。

夕貴は股間に大型のバイブレーターを咥え込んでいるのだから……。

しばしの沈黙が会議室を支配した後、

「き、君ィ！　なにを……やってるんだ⁉」

ようやく引きつった声が上がった。

「ふふ、ふざけるんじゃない！　ここを何処《どこ》だと思ってる⁉」

「帝國物産の会議室で、そんな破廉恥なことを……」

口々に非難の声を浴びせる役員たちに動じることもなく、夕貴は静かに口を開く。

「ご覧の通り、わたしはもう普通ではありません」

「うぅ……」

騒ぎ始めていた者たちが、その言葉に思わず沈黙した。

「こんなモノを入れて悦んでいるんです。しかも、みなさんに見られて……すごく……感じています……」

「お、おい……木原クン」

「だから、もっとよく見てくれませんか？　わたしのトロトロになったアソコを……」

誰かがゴクリと喉を鳴らす音が廊下にまで聞こえてくる。その場にいた全員が、夕貴の言葉で金縛りにあったように身動きひとつしなくなった。

「な、なにを見ているお前たち！　これは立派な公然わいせつだ、さっさと警察に連絡したまえ！」

最初に我に返ったのは、良識派として知られる常務だ。

「え……あ……は、はい！」

その声で目が覚めたかのように、何人かの者が慌ただしく動き始める。

「あ、待ってください。それはやめた方がいいと……思います」

「なんだと⁉」

夕貴の言葉に、電話の受話器を手にしていた重役のひとりが動きを止めた。

「今頃《いまごろ》、何処かでわたしのご主人様がここを監視しています。もし、警察に届けたりすれば……きっと帝國物産のスキャンダルとして発表されます」

「な、なに？」

　重役はきょろきょろと辺りを見まわした。

　夕貴の言う通り、この様子は私が手にしているビデオカメラですべて撮影中だ。あまり華麗な手段ではないが、大企業にとっては一番有効な方法だろう。

「き、君は……公然わいせつだけでなく、脅迫までしようというのかね!?」

「ご主人様などとふざけおってからに！　いったいなにが狙いだ？」

「木原クン！　君は自分のしていることが分かっているのか!?」

　スキャンダルという単語を聞いて、重役たちが一斉に騒ぎ始めた。現在の状況が、自分たちの身に火の粉として降りかかってくることを恐れているのだろう。

「わたしは……ただ、このまま本当の姿を見ていただきたくて……」

「……分かった。通報はやめておこう」

　それまでずっと沈黙していた社長が、夕貴の言葉に頷き、騒ぎ立てる重役たちを抑えるように言った。

「しゃ、社長!?」

「彼女の言うことが事実かどうか分からないが、信用が第一のこの世界で、確かにスキャンダルはまずい。もし本当に発覚すれば……どれだけの被害がでるか」

「そ、それは……」

「よいではないか、彼女の望みはこのまま見ていること……それだけだ。スキャンダルの危険に比べれば容易《たやす》いことだろう」

しかし、と顔をしかめる部長を無視して、社長は夕貴に向き直った。

「それで……これだけの重役たちを相手になにを見せてくれるのかね？」

「わたしの本当の姿を見ていてください……」

夕貴は、ポケットから小さなリモコンを取り出してスイッチを入れた。

グイィィン！と音がして、夕貴の股間にあるバイブレーターが動き始める。その動きに刺激され、彼女は悩ましげに腰を揺すり始めた。

「あっ……はぁん！　う、動いてるぅ～……あぁ……あぁぁん！」

「な……っ⁉」

重役たちは思わず息を飲んだ。

「あぁぁッ……気持ち……イィ！　ブルブル震えて……奥まで、当たってるぅ……」

夕貴は重役たちの前でいきなり痴態を演じ始めた。

バイブを挿入し続けていたことで、彼女のアソコは十分に濡れていたのだろう。身体がすぐに反応を示し、溢《あふ》れてきた愛液が太股《ふともも》を伝って会議室の床に染みをつくった。

「き、木原クン……これ……は……」

常務が呆然《ぼうぜん》とした声で呟《つぶや》く。

だが、夕貴はもはや誰の声も聞こえていないかのように、バイブから与えられる快楽に身を委《ゆだ》ね、恍惚《こうこつ》とした表情を浮かべている。

多くの女性経験を持つであろう中年の重役たちも、これほど美しく艶《なま》めかしい女の痴態を目の当たりにするのは初めてだろう。しかも、会議室という場違いな所で見せつけられたのだ。中にはすでに股間を膨らませている者もいるに違いない。

「見られるほど……ゾクゾクして……堪《たま》らないぃ……堪らなく感じるんですぅ」

頰《ほお》を上気させ、潤んだ瞳《ひとみ》を重役たちに向ける夕貴。そのもの欲しそうで憂いに満ちた表情を見せつけられているのだ。堪らなくなっているのは連中も同じだろう。

「……な、なんか熱く……なってきた……」

「まったく……この女……」

「あ、あの……私……非常になんですが……その……妙な……気持ちに……」

もぞもぞと身体を動かしながら、一部の者たちがぼそぼそと呟き始めた。

「し、社長！」

部長が、このまま続けさせていいのか……と、社長を振り返る。

いくら自制心が働いているとはいえ、重役たちも男である。この状況が続けばどうなるか分かったものではない。

「うむ……お前たちが騒ぐのも無理はない。これでは、この老いたワシですら熱いものが込み上げてくるわい」

社長がその場を代表するように正直な感想を述べる。その言葉がきっかけになったかのように、夕貴は荒い吐息を漏らしながら重役たちの側《そば》へとにじり寄った。

「もぅ……堪らないぃ……。ご、ご奉仕を……させてください……」

「な、なに……？」

「もっと……感じていただきたいんです」

「マ、マズイよ……それは……」

夕貴の意図を理解して、重役たちは狼狽《うろた》えた。

誰もが彼女の申し出を受けたい気分だが、大企業の重役という立場がそれを許さないのだろう。だからといって、毅然《きぜん》とはねつけることもできないでいるようだ。

「ふふふ……お前たち、怖気《おじけ》づいたなら下がっていなさい」

そう言って、社長は座っていた椅子ごとくるりと夕貴の方に向き直った。

「久しぶりに情熱を感じたよ。私は社長である前にひとりの男だ。男として……この機を逃すことはできないな」

「し、社長……」

常務が唖然《あぜん》とした表情で社長を見た。彼が夕貴の奉仕を受けるつもりなのだということを知って、次の言葉が出てこない様子だ。

「これほどの女……おそらく二度とお目にかかれんだろう。では頼もうか、木原クン。ワシを十年ぶりに満足させてくれ！」

「……はい」

夕貴はにっこりと微笑《ほほえ》んで社長の前に跪《ひざまず》き、ズボンのチャックを開けて、すでに怒張していた彼のモノを取り出した。

「あぁ……もう、こんな硬くなって……」

「ふふふ……なにをしてくれるのか楽しみだわい。それにしても柔らかそうな胸だ……」

社長は、ゆっくりと自分のペニスを扱き始めた夕貴の胸に手を伸ばした。

だが、夕貴はその手を反射的に払《はら》い退《の》ける。

「あッ……待って、ダメです」

「ん……？」

「お願いがあります。どうかわたしには手を触れないでください。わたしの身体は、ご主人様だけのものですから」

「またご主人様……か。いったい、それは誰なんだ？」

社長の質問に、夕貴は小さく首を振る。

「それは……言えません。けど、わたしの方からのご奉仕は許されていますから、きっとご満足していただけると思います」

「それが君を楽しむルールというわけか。うむ、いいだろう」

鷹揚《おうよう》に頷く社長に、ありがとうございます……と囁き、夕貴は再び奉仕を再開した。

細い指を社長のモノに添えて、そっと唇を寄せる。赤い舌がちろちろと黒ずんだペニスを這《は》いまわり、やがて肉棒全体を大きく口に含んだ。

「ふッ……おおお！　なんという……蕩《とろ》けそうな感触じゃ」

社長が感極まった声を上げる。

元から素晴らしい素材であった夕貴を、私が徹底的に磨き上げているのだ。おそらく、彼は今までの人生で味わったことのない快感を感じていることだろう。

「んんん……あぁぁん……熱くて……大きい……」

熱に侵されたような虚《うつ》ろな目をした夕貴は、頬をすぼめて社長のモノを吸った。口いっぱいにペニスを咥え込んだために、彼女の美しい顔が歪《ゆが》む。その苦痛にも似た表情は、かえっていやらしさを感じさせた。

「も、もう……私は我慢できません」

「そうだな、これを見せられては男なら誰でも……ぐッ……」

「ええい……社長のお墨つきだ！　こうなったら、次は私も奉仕してもらうぞ」

社長に奉仕する夕貴の姿を前にして、他の重役たちもそろそろ限界のようだ。

それに、この場の責任者である社長が率先してやっているのだ。もはや誰に遠慮をする必要もない。

「な、ならば私もだ！」

「そんな……だったら私も！」

「待て、順序があるだろう？　その次は私だよ」

会議室は騒然となった。

私がこの様子を監視している、という夕貴の言葉など、すでに彼らの頭にはない。

その場にいた全員が我先にと名乗りを上げた。こんな機会はまたとないのだから、遠慮などしていられないという心境なのだろう。

「あぁ……皆さん、満足いくまでご奉仕いたしますから」

夕貴の言葉に重役たちはかえって我慢できなくなった様子だ。

やれると分かれば、尚更《なおさら》期待も高まるのか、順番がまわってくるまで待ちきれないといった表情を浮かべている。

「わたしのいやらしい姿を見て……オナニーしてくださっても結構です。そうしたら……わたしも、もっと燃えますから」

重役たちの気持ちを察したのか、夕貴がそう提案した。

だが、さすがにそれは躊躇われるのか、彼らは複雑な表情で互いに顔を見合わせた。

「熱いのが出たら喜んでお受けします。いっぱい……身体中にかけてください……」

その言葉に、重役たちは心を決めたようだ。

「それは……いいな……」

「ふふふ、よ～し……やってやる！　この分だと、今日は何度でも勃《た》ちそうだからな！」

「面白い！　なら皆で、このメスを汚してやろうではないか！」

その場にいた全員がズボンの前を緩めてペニスを取り出すと、夕貴に向かって一斉に自らのモノを扱き始めた。

「あぁ……こんなに沢山のオチ〇チンが……わたしに……はぁぁ……すごい……」

「ふほほッ、更に勢いを増しおった！　この快感、堪らんわい」

「君は本当に素晴らしいぞ、木原クン！　もっと君のいやらしい身体を見せてくれ！」

「ええ……見て、どんどん見て！　ほら……社長のオチ〇チンも……バイブも……こんなに咥え込んでます……うんん……はんん！」

もはや大企業の会議室とは思えない光景であった。ひとりの女性に惑わされ、社会的な地位のある重役たちが熱に浮かされたように狂喜しているのだ。

完全に、全員が夕貴の虜《とりこ》だ。

美しい夕貴を汚すこと……それだけに夢中になっている。

「くッ……くほッ！　一気にくる……くるぞぉ～！」

「ああっ……社長……ください！　蕩けるほど熱いのを、いっぱいくださぃ……！」

「よし、では受けるがいい！」

「んぐっ……んんんんっ……んはっ！　あああっ……」

社長が夕貴の口の中に射精すると同時に、周りの重役たちも次々と達して、白い精液を彼女の身体に向けて放出した。

夕貴の顔や胸……そして身体中に滴るほどの精液が付着していく。全身に精液を浴びてネットリと妖《あや》しく光る夕貴の姿は、まさに性の化身のようであった。

くくくっ……これでいい。

このすべてを録画したビデオさえあれば、帝國物産は私の自由になるだろう。

そしてこの様子こそ……。

夕貴の価値が間違いなく証明された瞬間でもあるのだ。

PART6 完成

FROM:Hades　To:Mephisto
Subject:最高の仕上がりだ

ついに、三人のコレクションが完璧《かんぺき》に仕上がった。
それぞれタイプは違うが……。
どれも素晴らしい宝石であることは間違いない。
コレクションとして誰《だれ》もが羨《うらや》むほどさ。
まったく……自分で言うのもなんだが、私の躾《しつけ》は見事なものだ。
ふふふ、君にも早くその素晴らしさを見せたいよ。
これであとは、品評会を待つだけだ。
品評会には最高のものを持っていくよ。

メフィストへのメールを送り終えると、私は深く椅子《いす》に座り直した。
久しぶりにゆったりとした気分だ。
これほどリラックスできるのは、この休暇に入って以来、初めてのことかも知れない。
なぜ、こんな気持ちになれるのか……その理由は明らかだ。

何度も躾を繰り返し、私はとうとうあの三人を完璧に仕上げることができたからだ。

ふふふっ……色々と苦労はさせられたが、行ってきた数多くの躾は楽しくもあった。


……夕貴には緊縛の躾を施したことがあった。

地下の貯蔵庫を改造して、拘束具や多くの拷問器具を置いた部屋に連れて来ただけで、彼女は身体《からだ》を震わせたものだ。

だが、それも何度か繰り返すうちに、夕貴は徐々に変化していった。

怯《おび》えたような表情は相変わらずであったが、いつしかそれは恐怖ではなく、自分でも抑えようのない期待感に戸惑っていたのだろう。

これから与えられるであろう強烈な刺激を想像するだけで、身体の方が先に反応を始めてしまうようになっていったのである。

もちろん、私は夕貴の期待に応《こた》えてやった。

天井から鎖で吊《つ》り上げた状態で、三角木馬に跨《また》がらせて散々に責め立てたのだ。

「ああッ……つ、潰《つぶ》れる……アソコが潰れちゃいますぅ……うぅぅ！」

鋭い角に股間《こかん》を押される痛みに、夕貴は腰を浮かせて逃れようとした。

「どうだ？　緊張感と刺激を同時に味わう気分は？」

「あぁ……お、お願いです……助けてください！」

柔らかな襞《ひだ》が押されて痛々しく形を変える様子に興奮した私は、そのまま鎖を揺すって前後に身体を動かしてやった。その目が眩《くら》むほどの刺激に弄《もてあそ》ばれて、夕貴は気がおかしくなったかのように悲鳴を上げる。

少しも身体の力を抜くことは許されず、押し寄せる地獄に悶《もだ》え苦悶《くもん》するしかないのだ。

「あッ……はあぁッ！　あぁぁん！」

夕貴の顔が次第に陶然となっていった。

極度の恐怖や痛みは、精神を破壊しかねない危険な感覚だ。だから脳は、脳内麻薬アドレナリンによって感覚を麻痺《まひ》させる。すると苦痛はなくなり……それどころか、痛みは快感へと摩《す》り替《か》えられる。

そう……通常では得られない強烈な快楽に、だ。

……まりんは幼い身体付きの女だ。

それはそれで完成されたプロポーションなのだが、物足りないのも事実である。

そこで、私は屋敷に特別に用意した医療室へと彼女を連れて行った。

躾で怪我《けが》や病気になった場合を想定して、メフィストに簡単な治療のできる施設を用意しておいて欲しいと頼んだのだが、実際には小さな診療所並みの設備が整っていた。

その中には、吸引機が置かれているのだ。

「品評会では豊満な肉体を好む者もいるからな。お前の身体では満足できないだろう」

「別に……そんな男の人たちに満足されなくったって……」

吸引機によって、なにをされるのかを知ったまりんは拒否するように首を振った。

だが、彼女の意志など関係ないのだ。

私はまりんを強引に治療台に座らせると、彼女の着ていた服を引き裂き、たおやかな乳房にガラスのカップをつけた。

カップと吸引機は黒いホースによって繋《つな》がれている。

私は怯えるまりんの表情を楽しみながら、吸引機のスイッチを入れた。

ブウゥゥン！と、低い音と共に、

「はあああぁぁん!!　オッパイが……引っ張られるッ！」

まりんの悲鳴が室内に響き渡った。

理屈では、こうすることによって乳房がほぐされて充血し、段々と大きくなっていくはずだ。もっとも……この場合は効果などは関係ない。ようはまりんの躾ができれば、それでいいのだから。

「はぁぁ……止めてェ……イヤァァ!!」

まりんは、吸引によって生じた快感に戸惑う。私は快感をより深いものにすべく、彼女の股間に手を伸ばした。指を巧みに動かし、割れ目を責め立てる。ぷっくりと膨れた肉芽を摘《つま》んで擦《こす》り上げるたびに、まりんは嬌声《きょうせい》を上げた。

「ふぁぁん！　そんなに強くされたら……胸が……はぅッ……くッ」

背中を大きく反らして、まりんは全身を痙攣《けいれん》させ始める。

「まだまだこれからだぞ……まりん」

そう言って、私は吸引機のツマミを……徐々に上げていった。


……一番、躾に苦労したのは恵美子だろう。

プライドの高い彼女は、私に服従の言葉を口にした後も、ことあるごとに反抗の態度を示した。そんな恵美子には屈辱的な躾が一番効果的だった。

色々と試してみたが、一番効果的だったのは「浣腸《かんちょう》」だろう。

無論、かなりの抵抗をされたが、浣腸器の先端を無理やりアナルに差し入れるとおとなしくなった。ガラス製の浣腸器が割れでもしたら、大変なことになるという言葉が脅しとしては最適だったのだろう。

「ふふふ……今回は直腸洗浄をやってやる。アナル愛好者に言わせると、セックスよりも快感を得られるらしいぞ」

そう言って、ゆっくりとシリンダーを押し込んでいく。

「うぅぅ……はぁぅん！」

恵美子は震えるような声を上げる。少し多すぎるかと思った浣腸液も、無理やり注入していくと、最後の一滴まですべて彼女の体内に消えていった。

「あっ……ゥッ……」

アナルから浣腸器を抜き取ると、恵美子は息を荒くしてプルプルと身体を小刻みに震わせ始めた。私は、その苦しげな表情を満足して見つめた。

「ふふふ……やはりこの刺激、お前には気に入ってもらえたようだな？」

「そ、そんな……こと……」

恵美子の腰が悩ましげに揺れた。

我慢の限界が近付いているのか、彼女の口からは、いつもの憎まれ口が消えている。腹の中を掻《か》きまわされるかのような苦痛に耐えるので精一杯というところか。

「も、もう……お願い……トイレに……」

「ダメだ。これはお前に対する躾なのだからな」

私がそう言い放つと、恵美子の顔は一気に青ざめていった。ずっと人を顎《あご》で使ってきたような彼女にとって、排泄《はいせつ》行為を他人に見られるというほどの屈辱はないだろう。

「さあ……我慢することはないぞ。私が手伝ってやる……くくくっ」

私は恵美子に近付くと、彼女の下腹部を両手で押した。

「いやあぁぁぁぁ！」

途端、彼女に限界が訪れた。

ずっと保ち続けていた恵美子の自尊心が、音を立てて砕けた瞬間であった。


様々な躾を思い出しながら、私は改めて完成した彼女たちのことを思った。

メフィストが私に不利益な行動を取った場合の自衛策も調いつつある。後はその時の気分に応じて彼女たちと楽しむだけ……。

そう思うと、さすがに心にもゆとりが出てくるものである。

「さて……これからどうやって彼女たちと遊ぼうか」

そんな想像を働かせると、私は柄にもなくワクワクしてしまう。

そうだな……なにか新たな試みが欲しい。今までは躾が基本だったが、これからはもっと遊び心を持たせよう。

しかし、そうはいっても、あまり気を抜いていられない。品評会が終わるまでは、今の彼女たちの状態を崩さないようにしなくてはならない。

コレクションの品質を落とさないのも、コレクターとしての私の役目なのだから。

「うむ……」

だが、一度沸き上がった欲望は簡単には消えなかった。

このままでは今夜は眠れそうにもない。ならば、軽く……ちょっとした余興を愉《たの》しんでみよう。彼女たちが完全に仕上がった祝いだ。それぐらい問題あるまい。

「くく……なにをやろう？」

私は色々と思案を巡らせ始めた。

夕貴、まりん、恵美子……。

みんな個性が違うため、どれを選ぶかによって愉しみ方は違ってくる。だが、素晴らしく仕上がったコレクションたちは、どれもが捨てがたい悦《よろこ》びを与えてくれるはずだ。

「……そうだ」

誰にするか決めあぐねていた私は、あることに気付いた。

なにも一人に絞る必要などないのだ。これまでは躾を優先していたのでひとりずつを相手にしていたが、完成した今となってはそんな必要もない。

どうせなら三人同時に味わい、どれが一番か決めようではないか！

「ふ……ふふふふ……」

一番優れた者が分かれば、今後は一番手をかけてやってもよい。その方が、品評会への対策も効率的になるというものだ。

「よし……決めたぞ」

私はそう呟《つぶや》いて椅子から立ち上がると、さっそく彼女たちを呼び寄せるために地下室へと向かった。

三十分後――。

コンコン……と、私の寝室のドアがノックされた。

「……入れ」

「失礼します……ご主人様」

ドアが開き、最初に姿を現したのは夕貴であった。

感心なことに、ちゃんと言いつけた通りに全裸姿でやって来た。最初の頃《ころ》から比べると、かなり羞恥心《しゅうちしん》に対する免疫がついたようだ。

もっとも……そのすべてを失ってしまうのは問題である。

適度なバランスを維持しなければならないのだが、その点では夕貴は芸術的であった。

「あの……この姿で来いというのは、その……やっぱり……」

夕貴の表情には期待の色が浮かんでいる。

あれほど拒み続けた躾を、今では彼女の方が望むようになっているのだ。

「ふふふ……そう焦るな。すぐに、他の者もやってくるはずだから」

「え……他の？」

夕貴が怪訝《けげん》そうな顔をして問い返そうとした時。

コンコン！……と、再びドアがノックされた。

「ん……入れ」

「ご主人様……まりんです。入ります」

次に入って来たのは、やはり全裸姿のまりんであった。

幼い部分だけが目立つ少女だったが、躾を繰り返す間にすっかりと女性らしい身体付きになったようだ。精神的にも子供っぽさが抜け、今では私のコレクションとして恥ずかしくないほどに成長している。

「言いつけ通り、ちゃんとお洋服を脱いできました。これからまりんと……」

そう言いかけたまりんは、部屋にいた夕貴に気付いて目を丸くした。

「え……あ⁉　な、なに……この人、誰？」

もっとも、それは夕貴も同じだろう。唖然《あぜん》とした表情を浮かべて、いきなり現れたまりんを見つめている。

「ご、ご主人様……この子が、さっき言ってた……他の……」

「なに⁉　いったい、どういうこと？　まりん……なにがなんだか分からない！」

「ふたりとも少し騒がしいぞ。もっと行儀よく躾けたはずだが？」

私がそう言うと、ふたりは取りあえず質問の言葉を飲み込むように沈黙した。

コンコン！

三度、ドアをノックする音が聞こえてきた。

「おっと……そう言ってる間に、もうひとりが来たようだ」

もうひとり？と、ふたりは同時に問いかけるような顔をして私を見た。

「入れ！」

「失礼します……ご主人様」

最後に入って来たのは恵美子だ。

あれだけ気位が高かったにもかかわらず、私の完璧な躾によってすっかり従順な女に変貌《へんぼう》している。元々豊満な身体付きをしていたが、この一ヶ月ほどの間に更に磨きがかかり、この私ですらうっとりするほどだ。

「え……な、なによ!?　この子たち……」

恵美子も他のふたりと同様に、自分以外の女性がいることに驚いた表情を浮かべている。

「よし、これでやっと全員揃《そろ》ったな。皆、とにかく私の話を聞くんだ」

私がそう言うと、なにかを言おうとしていた恵美子は開きかけていた口を閉ざした。

「ここに集まった者は、それぞれが私の大切なコレクション……しかも、完成された一級品ばかりだ」

「え……この人たちも!?」

「そんな……ワタクシ以外にコレクションがいたなんて！」

「それじゃあ、みんなもまりんと同じ躾をしてもらっているの？」

三人は同時に言った。

今まで同じ地下室で生活しながら、まったく気付かなかったようだ。

まあ……それも仕方ないだろう。躾はひとりずつであったし、それぞれの部屋は防音されているので、他の者が屋敷にいるなどとは想像もしなかったに違いない。

「ふふ……そうだ。皆、私の躾によって素晴らしい宝石に仕上がった。個性は違うが、それぞれ本当によくここまで成長したと感心している」

「………………」

「そこで私は、ふとひとつの疑問を抱いたんだ。どれも私にとっては最高のコレクションだ。しかし……その中で、本当の一番はいったい誰なのか、とな」

黙って話を聞いていた三人は、ハッとしたように他のふたりを横目で窺《うかが》った。

「やはりコレクターとして、一番価値ある者を大切にしたいと思うのは当然のこと。だから……ここでそれをハッキリさせておきたいと思ってな」

「そ、それは……」

「一番でないとなったら、他の者はどうなってしまうんですか⁉」

不安げな表情で呟く夕貴の言葉を遮るように、恵美子が身を乗り出してくる。

「ん……分からない。ただこれまでとは少し違うことになってくるかもな」

私は軽い笑みを浮かべて三人を見まわした。無論、そんな極端なことをするつもりなどなかったが、彼女たちは私の言葉に顔を強張《こわば》らせた。

「そ、そんなぁ……まりん、まだまだご主人様に躾けられたいのに……」

「だから、各々自分が一番であることを本気で証明して欲しい」

「ご主人様の……一番……」

夕貴がそう呟いて、何事か考えるように沈黙した。

そんな彼女を押《お》し退《の》けるように、恵美子が再び身を乗り出した。

「そんなの、ワタクシに決まっています！　あれだけ一生懸命、躾けてもらったんですもの……そのワタクシが一番でないはずありません！」

「それならまりんだって負けないもん！　いっぱい躾けてもらったんだから、まりんが一番の宝物のはずだよ」

ふたりは互いに張り合うように言った。このまま放っておいても面白そうだったが、今回の主旨は三人同時に相手をさせることだ。

「まぁ待て。実際、私にも決めかねることだ」

私は諭すようにふたりの間に割って入った。

「それぞれが違うよさを持っているのだから、その優劣をつけるのはなかなか難しい」

「では……一体どうやって？」

「うむ、そこでだ。お前たち三人に一緒に奉仕をしてもらう。そして、一番私を悦ばした者を最高のコレクションとしたい」

え……？と、三人は同時に声を上げた。

それがどういう行為になるのかを思い浮かべたらしい。少し躊躇《とまど》うように、他の者がなんと答えるのかを窺っている。

「どうした、不服か？」

「わ、分かりました、ご主人様。ワタクシ……必ず一番にご主人様を悦ばせてみせます！」

真っ先に言ったのは恵美子だ。

そんな彼女の言葉に触発されたように、

「まりんだって頑張る！　まりんが一番だって、きっと言ってもらうんだから！」

「わ、わたしも……精一杯頑張ります。悦んでいただけるように……」

と、他のふたりも負けじと頷《うなず》いた。

「そうだな……お前たちの頑張り次第だ。では、さっそく始めてもらおうか。お前たちに躾けた、今までの成果を私に見せてくれ！」

そう言ってベッドの上に横たわると、三人は一斉に私の上に覆《おお》い被《かぶ》さってきた。

「ご主人様……」

「どうかいっぱい……気持ちよくなってください……」

「んふッ……ご主人様ァ……」

三人はあっという間に私の服を剥《は》ぎ取ってしまうと、それぞれ競うように濃厚な愛撫《あいぶ》を全身に施してきた。まるでひとつしかない玩具《おもちゃ》を取り合う子供のようだ。

恵美子は、私の手を取ると自分の胸へと導いた。豊満な柔らかな乳房の感触が手のひらいっぱいに伝わってくる。

「ご主人様ぁ……はあぁ……うぅん！」

軽く揉《も》むように手を動かしてやると、すぐに甘い吐息を漏らしてすり寄ってきた。

「ああんっ、まりんが一番なんだからァ。んんッ……はぅ」

まりんは真っ先に私の股間に顔を寄せると、いきなりペニスを口に含み、執拗《しつよう》に舌を動かしながら舐《な》め上げてきた。細い指をアナルに這《は》わせて、私の快感をいっそう強いものにすることも忘れずに実行している。

「ああ……ご主人様、なんだか……ドキドキします……」

夕貴は内股《うちまた》や脇腹《わきばら》などの細かい部分に気を使いながら、絶妙の舌使いで愛撫を繰り返してきた。繊細な彼女らしく、直接性感を刺激する方法ではなかったが、その丹念な奉仕は称賛に値するだろう。

誰もが躾の成果を存分に発揮している。

「ふぅ……これはいいな」

私は、全身を包む快感に思わず声を上げた。

「ホント!?　まりんのが……そんなにいいの？」

「なにを言っているの？　ワタクシのがいいに決まっているじゃない」

「どうですか、ご主人様……？」

三人は自分たちの技を競うように、私に結論を求めてくる。

「ふふふ……どれも素晴らしい快感だ。優劣は今のところつけられんな」

私がそう言うと、彼女たちは再び愛撫を再開した。

手や舌が、執拗に……そして丁寧に這いまわる感覚に、私の身体は瞬く間に熱を帯びてきた。これほど濃厚な奉仕など、そうそう味わえるものではない。

三人とも、私を失わないために無我夢中なのだ。

「ああっ……こんなに……大きくなってる。ご主人様ぁ……わたしも……頂きますね」

内股から股間へと上がってきた夕貴は、我慢しきれなくなったようにまりんを押し退け、私のペニスに唇を寄せてきた。

「あぁん……こっちは、まりんが舐めてるんだよォ……」

まりんが不満げな声を上げた。

「いいではないか、どうせお前の口には収まりきれまい。仲良く食べろ」

「は、はい……」

私が諌《いさ》めると、まりんは仕方なくという感じで身体をズラし、夕貴とふたりで奪い合うようにペニスに舌を這わせた。二人で競い合うという形になったために、その奉仕にはいっそうの熱が入る。

「では、ワタクシはこちらを……」

恵美子は身体を擦り寄せると、激しくキスを求めてきた。口の中に舌を這わせ、唾液を乗せて私の舌を絡め取る。

私の全身は、三人によって溶けそうなほど熱い快楽に包まれた。

それは直接的な快感だけではなく、男を狂わせるような三人の甘い香りにもある。その芳醇《ほうじゅん》なフェロモンが、私を大いに興奮させるのだ。

彼女たちは、まるで私の肉体を食べ尽《つ》くしてしまうかのように、舌を使い……指を使い……身体全体を使った。

「んん……あぁ……どんどん硬く……熱くなっていきます……」

「なんだかまりんも……すごく興奮してくるのォ」

「んぁッ……もっと感じてください。一緒に……蕩《とろ》けるぐらい！」

三人は私への愛撫に没頭しているうちに、自らも感じ始めたようだ。身体を寄せ合い、私に尽くしながら精を求め始める。

　女たちが私の身体で戯れる……それはまさに、この世の極楽。

　天にも昇る気分だ！

「くくくっ……お前たちは本当に最高のコレクションだ」

　予想をはるかに上回る快楽に、私は三人を競わせることの無意味さを感じた。

　こうして改めて比較してみると……それぞれが本当によい持ち味を持っている。それをひとつとして失いたくなかった。

「ご主人……様……」

　三人は私の言葉を、恍惚《こうこつ》とした表情を浮かべながら聞いている。

「私は欲張りでな……これからも、お前たち全員を味わい尽くしたい。よって、一番が誰なのかを決めるなど意味のないことだ。……それでは不服か？」

「そんな……こと……ありません」

「ワタクシは……これからもずっと変わらず愛してもらえるのなら、それで構いません」

「まりんも、そうだよ！　ご主人様に可愛《かわい》がってもらえるなら」

三人はみな同意するように頷いた。

「ふふふ……安心しろ。これまで以上に愛してやるさ。ただし、怠慢な行動を取ったりしたら、その時はどうなるか分からんがな」

「頑張ります……わたし！」

「まりんも、ご主人様に嫌われないように、絶対に頑張る！」

「ワタクシも……どうかこれからも、よろしくおねがいします」

そう言って、彼女たちは奉仕を再開した。それまで以上に熱のこもった愛撫に、私はたちまち達しそうになる。

「くっ……そろそろ……」

私の限界が近いことを察すると、三人は身体を寄せてきた。

「あぁ……く、ください！　熱いのぉ……」

「かけてぇェッ……まりんのお顔に……溢《あふ》れるぐらいかけてェ〜ッ」

「ワタクシもぉ！　いっぱい……いっぱい飲ませてくださいっ」

三人の哀願するような声を聞きながら、私は気の遠くなるような快感に耐えきれず、溜《た》まった精を一気に放出した。

それは、この世のものとは思えぬほどの強烈な快楽だった。

真っ白な空間に包まれながら、私は夢中で射精を続ける。彼女たちは恍惚とした顔で、それをすべて全身で受けとめた。

三人とも、本当に私の……これ以上ないコレクションたち……。

天に昇る中で、私は改めてそのことを確認した。

FROM:Mephisto　To:Hades
Subject:完成おめでとう

おめでとう。

とうとう三人のコレクションを完成させたようだね。

彼女たちを、いかに魅力的に仕上げたのか……。

興味は尽きないよ。

今年の品評会も、やはり盛大に開かれるようだ。

みんな自慢の女を連れてくるだろう。

だが、やはり私は君のコレクションが一番だと思う。

これはあくまでも私の直感だがね。

なかなか、よく当たるんだよ。

本当に品評会が待ち遠しいものだ。

とにかくその時には、素晴らしいコレクションを見せてくれよ。

では……。


三人同時の奉仕に満足して書斎に戻って来た私は、メフィストから届いていたメールを見て、少し複雑な心境になった。

品評会……か。

そろそろ準備にかからなければならない。最高の舞台で最高の評価を受けるためには、コレクションに着せるドレスを選ぶだけでも一苦労だ。

それに、誰を連れて行くかという問題もある。

品評会に出品できるコレクションはひとつだけだと聞かされているからだ。

たとえ誰を連れて行ったとしても、最高の評価を受けるという自信はある。私のコレクションは、他を圧倒できるだけの魅力を持っていると自負しているのだから。

だが、私の心には迷いが生じていた。

そう……例のメフィストの思惑が気になっているのだ。

メールをやりとりしている分には、あれから特に変わった様子はなかったが……。

「品評会……か」

もし、メフィストがなにかを企《たくら》んでいるとしたら、それは品評会の時にあきらかになるはずである。そんな品評会に、大事なコレクションを参加させて大丈夫だろうか？

「………………」

もしかすると、これは私の思い過ごしなのかも知れない。

メフィストが私に屋敷や資金を提供したのも、単に本心から最高のコレクションを見たいだけで、他意はないということも十分にあり得るのだ。

だが……やはり私のカンはなにか危険なものを感じていた。

今までの仕事や趣味の美術品蒐《しゅうしゅう》集で、数々の修羅場をくぐってきた際に培われたカンだ。

その一度も外したことのないカンが、私に正体の分からない危険を知らせていた。

「やはり……品評会には出席しない方がいいか」

口に出してみると、それしか方法がないように思えてきた。

だが、それは品評会で最高の評価を受けることのできるコレクション作りに没頭してきたこの一ヶ月間を無駄にすることになる。

しかも、メフィストからは品評会にコレクションを出品することを条件に、この屋敷を提供してもらっているのだ。欠席するとなれば、当然手放さなければならない。

漠然としたカンだけを頼りにして、この夢の王国を失ってしまってもよいのか？

「……………………」

いや、まてよ……。

考えてみればなにも問題などないではないか。

今の私にとって、最高の宝とはあの三人だ。屋敷などは自衛手段として手にした金でいくらでも新しく用意できる。

彼女たちさえいれば、理想とする夢の王国などいくらでも築けるではないか。

「……よし、決めたぞ」

私は、自分の中の迷いを振り払うように決断を下した。

品評会には……出席しない。


品評会の行われる日——。

カラーン、カラーン。

今まで一度も鳴ったことのない玄関の呼び鈴が音を立てた。

ここで私たちが暮らしていることは誰も知らないはずだし、こんな樹海の真ん中にある屋敷に訪ねてくる者などいるはずもない。

いや……誰も知らないというわけではなかった。

ただひとりだけ、知っている者がいる。

扉の覗《のぞ》き窓からそっと表を覗いてみると、やはり想像したとおりの人物が立っていた。

「やあ……メフィスト」

「ハデス、どうして、まだこんなところにいるんだ？」

私が玄関のドアを開けると、いつものように仮面で素顔を隠したメフィストが、前置きもなく少し苛立《いらだ》った様子で言った。

「品評会は今日の夜だぞ？」

「ああ……分かっているよ」

「だったら、なにをグズグズしているんだ⁉」

もう日が暮れかけている。予定通り品評会に出席するならば、そろそろ東京にいなければならない時間だろう。

「悪いがメフィスト、私は品評会には行かないことにしたんだよ」

「なんだと？」

メフィストは唖然とした表情を浮かべた。まさか、土壇場になって私がそんなことを言い出すとは思ってもみなかったのだろう。

「き、君には……この屋敷を貸す条件は、ちゃんと言っておいたはずだぞ」

「承知している。だから、今……三人には引っ越しの準備をさせている。明日にもここを出ていくつもりだ」

「な、なんだって……」

「一ヶ月も屋敷を借りておいて、成果を見せないのは悪いと思うがね」

私が一方的にそう言うと、メフィストは微《かす》かに笑みを浮かべた。

「ふふふ……そうか。つまり君は、結局品評会に出すほどのコレクションを作れなかった。それで恥をかく前に逃げ出してしまおう、ということか」

「そうではない」

私はゆっくりと頭を振った。

「コレクションはすべて最高の出来だ。どれを出しても最高の評価を受ける自信はある」

「それでは何故《なぜ》、品評会に出ない？」

「もう……決めたことだ。私は最高の宝である三人を連れて、この屋敷を出る」

ここでメフィストと問答していても仕方がない。意志は伝えたのだから、このまま玄関の扉を閉めてしまおうかと思ったが、それではあまりにも勝手すぎるだろうか？

「これからこの屋敷で最後の晩餐《ばんさん》を開く。君には、何かと世話になったからな……どうだ、一緒に食べていかないか？」

「なに……？」

「そこには、三人のコレクションも出席させる。それを見れば、さっき私の言った自信が嘘《うそ》ではないことが分かるはずだ」

私の提案に、メフィストは心を動かされたらしく思案顔になった。

「元々、君は最高のコレクションを見たいというのが目的だったのだろう？」

「そうだな……君がそこまで自負するなら、ぜひその三人を拝ませていただこうか」

「では、もう少し待っていてくれ。まだ……食事の準備の途中でな」

私はそう言って、メフィストを屋敷の中へと誘った。

その時——。

「ご主人様！」

突然の声に顔を上げると、夕貴がロビーにある階段を上ってくるところであった。

背後にはまりんや恵美子の姿もある。

「なんだお前たち……こんな所に出てきて？」

「あ、すみません。勝手に部屋を出たりして……」

驚いた私の声を叱責《しっせき》だと思ったらしく、夕貴は慌てて頭を下げた。

コレクションとして完成してからは、確かに部屋に鍵《かぎ》をかけないようにしていた。

もはや、彼女たちが勝手に屋敷を抜け出してしまうことなどないと考えたからだ。

だからといって、屋敷の中をうろつきまわることを許可した覚えはない。

「お部屋の整理も終わってしまったから、ディナーの準備を手伝おうと思いまして……」

「まりんも！　ご主人様の手伝いをしようと思って……急いで片付けて来たの」

夕貴をフォローするかのように、恵美子とまりんが言った。私の寵《ちょう》を競い合いながらも、三人はそれなりに上手《うま》くつき合うことを覚え始めているようだ。

「ほほぉ……この三人か。確かに美しい」

私の陰にいたメフィストが、感嘆するように三人を凝視した。

彼女たちは彼の存在に気付かなかったのだろう。いきなり現れたメフィストの誉《ほ》め言葉を聞いて、驚いたように後退《あとずさ》る。

中でも一度メフィストと会っている夕貴は、怯えたように恵美子の腕を掴《つか》んだ。

「彼女たちが、君の最高の宝というわけか……」

メフィストは確認するように呟くと、チラリと私を見た。

仮面の奥の目が妖《あや》しい光を放つ。

あの時の目だ――。

なにか得体の知れない危険を感じ、私は慌ててメフィストの側《そば》から離れると、三人の方へと駆け寄った。

「なるほど……これならば、この屋敷をわざわざ用意した甲斐《かい》があったというものだ」

私の行動になんの興味も示さず、彼はジッと彼女たちを見つめている。

「手に入れる価値は十分にある。さすがだよ……ハデス」

メフィストはそう言って、ようやく私を見た。

そして、上着の下から黒い塊を取り出し、ゆっくりとそれをこちらに向ける。

「……なに⁉」

彼が手にしているのは間違いなく拳銃《けんじゅう》であった。

「キ、キャアーッ‼」

三人は悲鳴を上げて、その場にしゃがみ込んだ。

「くくく……私は最初から君の一番大切なものを奪ってやるつもりだったのさ。君が手放したくないほど、素晴らしいコレクションをこの手に入れたかった」

「な、なにを言っている……メフィスト⁉」

「品評会は社交界でもＶＩＰの……最高の栄誉にあるもの。そこで最高の評価を受けるコレクションは、コレクターにとって最高の宝となる。だから私は、君に品評会に出ることを勧めたのさ。君にとって最高のコレクションを作らせ、奪うつもりでな……ははは っ！」

メフィストは高笑いをしながら、つけていた仮面を片手で剥ぎ取った。その神経質そうな彼の素顔を見た時、私の脳裏に過去の記憶が蘇《よみがえ》ってきた。

「お前は……」

「少しは思い出してくれたかな？」

「…………………」

あれは……確か十年近くも前、私が初めてオークションに参加した時のことだ。ひとつの美術品を巡って、ある人物とオーナーを交えて激しく交渉合戦をしたことがあった。

その時の相手が……。

「そうか、お前だったのか……メフィスト」

「ふふふ……ハデス、あの時は悔しかったよ」

何時間も交渉を続けた結果、その美術品は私が手にしたのだった。

本当はすでにメフィストに譲ることが決まっていたらしいが、私は巧みな交渉術でオーナーの気を変えさせたのである。

「まさか……あの時のことで？」

たったひとつのコレクションを手に入れられなかっただけ……それも何年も前のことを、この男はずっと怨《うら》み続けていたというのか？

「君もコレクターなら分かるだろう。狙《ねら》ったものを他人に奪われる悔しさを……」

「…………………」

確かに……私もコレクターである以上、まったく分からないというわけではない。

だが、その怨みを晴らすためだけに、これだけの時間と金をかけるなど、とても理解できなかった。この男は蒐集者の中でも異常な部類に入るだろう。

「さあ、今度は君が悔しがる番だ。目の前で愛するものを奪われる心境を味わうといい。くくくっ……心配するな、君の宝はこの私が大事にしてやるよ」

メフィストの指が拳銃の引き金にかかった。

脅しなどではなく、彼は本気で私を殺すつもりでいるようだ。

「クッ……キサマ……!!」

私は思わず唇を噛《か》んだ。

こんな男のくだらない復讐《ふくしゅう》のために死ねるものか！

だが、彼の立っている場所から私まで、わずか数メートル。どんなに精度の悪い銃を使ったとしても、絶対に外れることのない距離だ。これでは逃げようがない。

「これで、ようやく積年の怨みが晴らせる。さらばだハデス……いや、北田祐二よ！」

引き金にかかったメフィストの指に力が加わり、私は思わず目を瞑《つむ》った。

その瞬間――。

「ダ、ダメェッ！」

それまでしゃがみ込んでいた夕貴が、悲鳴を上げてメフィストに飛びかかった。

「ご主人様っ！」

「そんなことさせない！」

続いてまりんと恵美子も、夕貴に続く。彼女たちは私を守るために、銃を持つメフィストの腕にしがみついたのだ。

「うっ……なにをするっ⁉　放せ！　放さないかぁ‼」

まさか彼女たちに阻止されるとは考えてもみなかったのだろう。不意をつかれたメフィストは、驚きながら三人を払い退けようと両手を振りまわした。

「ダメェ……！　ご主人様、に、逃げてぇ‼」

「こ、こいつら……ふざけおって！　こんなジャジャ馬など私のコレクションになるか！」

必死になってしがみつく夕貴を突き放すと、メフィストは彼女に銃を向けた。

「ええい、まずお前から始末してくれる！」

「あッ……！」

額に銃を突きつけられて、夕貴は身体を強張らせた。

「メフィスト！　私のコレクションに手を出すなっ！」

夕貴が撃たれるかも知れないと思った瞬間、私は思わずメフィストに向かって体当たりしていた。左右からまりんと恵美子がしがみついていたために、彼は避けることもできず、私を含めた四人が床に転がった。

途端——。

バキューン！と、銃の音がロビーに響き渡った。

エピローグ

あの品評会の日から一年――。

私は眼下に東京の街を見下ろしながら、ふと慌ただしかった日々を思い出していた。

「ご主人様、お茶をどうぞ」

「おい……ここでは社長と呼べと言ってあるだろう？」

私はそう言って振り返りながら、現在は社長秘書となっている夕貴を見つめた。

「あッ、すみません……社長」

「ふふふ……まあいい。それで、今日のスケジュールは？」

「はい、九時からH銀行との会合。十時から大塚物産の視察。十一時半にはマスコミと会見していただく予定になっています」

手元のシステム手帳を見ながら、夕貴はキビキビと答える。

彼女を秘書にしてからは随分と時間が節約できるようになったが、やはり今日もハードな一日が始まるようだ。

まあ……仕方があるまい。有能な社長に多忙はつきものだ。

「ご主人様が社長になってから、我が社はかなりの業績を上げています。今期の収益は、前年度の二〇〇パーセントアップは確実です」

私の表情を見て、夕貴は嬉《うれ》しそうに言う。

「まだまだ……こんなものではないさ。この会社を世界ナンバーワンの企業にしてやる。

エピローグ

そして世界のあらゆるものを私のものとするのだ」

「社長なら必ずできます。わたしも微力ながら、誠心誠意お仕えします」

「うむ、頼むぞ……」

頷《うなず》きながら、私は夕貴に秘書としての才能があったことに感謝していた。

彼女は私にとってまさに最高の宝だ。

あの日──。

メフィストが私に銃を突きつけた時も、夕貴の機転によって命を救われたのだ。まりんや恵美子も協力し、私がメフィストに反撃できる機会を与えてくれたのである。

もみ合ううちに銃声がした時は驚いたが……。

結局、拳銃《けんじゅう》によって負傷したのはメフィスト自身であった。

弾は肩を貫通していたために致命傷ではなかったが、私たちは彼を放ったまま屋敷から逃げ出したのである。

後になって調べたのだが、彼は手の者によって救い出されたらしい。

事故とはいえ人を殺さずにすんだのは幸いであったが、それは同時に彼の報復が必ず我が身に降りかかってくることを意味している。

メフィストと違って後ろ盾のない私の生き残る道は、彼から一生逃れ続けるか、それとも手が出せないほど巨大な力を手にするか……である。

当然、私に落ちぶれた人生など相応《ふさわ》しくない。

私の進む道は、常に勝利と栄光に彩られなければならないのだ。

そこで私は、こんな時のために確保しておいた夕貴との乱交騒ぎをネタに、帝國物産の重役たちに揺さぶりをかけた。そして一気に重役となり、そこからは持ち前の才覚をフル発揮し、ついに社長の座まで掴《つか》み取ったのだ。

今では、誰《だれ》もが私の実力を認めざるを得ないだろう。

恵美子を使って財界にも顔を繋《つな》ぎ始めているし、若き天才経営者としてマスコミにも追いかけまわされる毎日だ。

これではいかにメフィストでも、簡単には手が出せまい。

だが……もちろん、それで終わりではない。今度は私があいつを追い詰めてやる番だ。

私に負けという言葉はないのだ。あれほどの屈辱を与えたやつには、私流の報復を与えてやらねばならない。

「ふふふ……」

「どうかしたんですか？」

「お前たちを手にしてから、私の人生は本当に退屈しない」

私の野望は果てしない……。

しかし彼女たちがいれば、私はそれをすべて手にすることができるだろう。

なぜなら、彼女たちは私にとって単なるコレクションというだけではなく、すべての源

……夢と欲望の象徴なのだ！

彼女たちがいる限り、私は諦《あきら》めることを知らない。

いつでもゾクゾクとするような興奮を与え続けてくれるのだから……。

「ご主人様、お部屋の方が完成しました」

「そうか……」

夕貴の声に、私は手にしていたワイングラスをテーブルに置いた。

……ここは東京郊外の別荘地にある洋館だ。

メフィストから提供された屋敷を放棄して以来、ずっと三人のコレクションを同時に住まわせることのできる屋敷を探し求めていたのである。

そして今回、それをようやく手にすることができたのだ。

「みんながよく頑張ってくれたおかげで、予定より早く終わったんですよ。新しく完成させたコレクションルームを、ご主人様に見てもらいたいって……」

「ふふふ……分かった、見に行くとしようか。お前たちが完成させた部屋……愉《たの》しみだよ」

私はソファーから立ち上がると、夕貴に案内されて各部屋を見てまわった。

以前の屋敷に比べると少し手狭だが部屋数は十分にある。

その部屋のどれもが綺麗《きれい》に片付けられており、長年かけて蒐集《しゅうしゅう》した美術品がセンスよく置かれていた。

最後に案内されたのは、私のコレクションでもお気に入りのものばかりが置いてある、コレクションルームと名付けた部屋だ。

「あ……ご主人様！」

「見て見て！　まりんたち頑張って……とっても綺麗なお部屋にしたの」

「ほぉ……どれ……」

嬉々《きき》として私を迎えたまりんと恵美子に笑みを返して、私は屋敷で一番広い部屋であるコレクションルームを見まわした。

数々の美術品とともに、キングサイズの巨大なベッド。

そして、中央には私専用となる豪華な椅子《いす》が設置されている。

エピローグ

「ふむ……なかなかよいではないか。さすが私のコレクションたちだ」

「あはッ、やったァ！」

「ふふふ……ありがとうございます」

私が満足して頷くと、ふたりは満面の笑みを浮かべた。

「よかったです。気に入っていただけて……」

「そうだ……夕貴。記念に一枚写真を撮ろうではないか」

やはり笑顔を浮かべている夕貴に、私はそう提案した。

屋敷も私好みに改装され、素晴らしいコレクションたちが一堂に会したのだ。

「私の新たな王国の誕生を記念するためにだ」

「あ……はい」

「よし、ではカメラを持ってくる。お前たちは最高だと思う姿になっておけ」

「え？　それはどういう……」

「ふふ……分かるだろう。私が磨き上げたお前たち……それがもっとも美しく輝く姿だ」

そう言うと、彼女たちは同時に理解したらしい。

「はいっ！」

と勢いよく頷いた。

……カメラを持って戻ってくると、すでに準備は整っていた。

全裸姿になった彼女たちが私を迎える。

「よし……準備はできたようだな。では、みんな私の近くに寄れ」

カメラをセットした私が中央の椅子に座ると、彼女たちはおずおずと周りに集まってくる。夕貴と恵美子が左右に……そして、まりんは私の足元に座った。

「これで……よろしいでしょうか？」

夕貴の言葉に、私は満足して頷き返す。

「ああ、最高だ。これだけ眩《まばゆ》いコレクションの中にあっても……お前たちの輝きは何物にも引けをとらない。私の一番の宝物だよ」

「ご主人……様……」

「ふふふ……よし、では撮るぞ。最高の記念写真をな」

コレクション……。

それは究極の理想を求める欲望のカタチ。

欲者はコレクションを集め、自分だけの世界を築き上げる。
その倒錯した世界では、蒐集者こそ……絶対の王なのだ。

END

あとがき

こんにちはっ、雑賀匡です。

今回はミンク様の「蒐集者　コレクター」をお送りいたします。

可愛い女の子を調教して自分のコレクションにしてしまおう……という、とんでもないお話なのですが、これはある意味で男の究極の願望なのかもしれませんね(笑)。

コレクターは男の人の方が多いそうです。

私の周りにも、切手やコインなどのポピュラーなものから、シールやチラシなどワケの分からないものを集めている知り合いが大勢います。

かくいう私もフクロウの置物を集めていたりするので、コツコツと色々なものを蒐集してしまうのは、男の性《さが》なのかも知れませんね。


では、最後にいつものお約束にいきます。

K田編集長とパラダイムの皆様、お世話になりました。

そして、この本を手にとっていただいた方にお礼を申し上げます。次回作は年明けになると思いますので、来年もよろしくお願いいたします。

雑賀　匡

蒐集者～コレクター～

2001年12月25日 初版第1刷発行

著　者　雑賀 匡
原　作　ミンク
原　画　杉菜 水姫

発行人　久保田 裕
発行所　株式会社パラダイム
〒166-0011東京都杉並区梅里2-40-19
ワールドビル202
TEL03-5306-6921 FAX03-5306-6923

装　丁　林 雅之
印　刷　株式会社秀英

乱丁・落丁はお取り替えいたします。
定価はカバーに表示してあります。

既刊ラインナップ

定価 各860円+税

1 悪夢～青い果実の散花～
2 脅迫
3 痕～きずあと～
4 慾～むさぼり～
5 黒の断章
6 淫従の堕天使
7 Esの方程式
8 歪み
9 悪夢 第二章
10 瑠璃色の雪
11 官能教習
12 復讐
13 淫Days
14 お兄ちゃんへ
15 緊縛の館
16 密猟区
17 淫内感染
18 月光獣
19 告白
20 Xchange
21 虜2
22 飼
23 迷子の気持ち
24 ナチュラル～身も心も～
25 放課後はフィアンセ
26 骸～メスを狙う顎～
27 朧月都市
28 Shift!
29 いまじねぃしょんLOVE
30 ナチュラル～アナザーストーリー～
31 キミにSteady
32 ディヴァイデッド
33 紅い瞳のセラフ

34 MIND
35 錬金術の娘
36 凌辱～好きですか？～
37 My dearアレながおじさん
38 狂＊師～ねらわれた制服～
39 UP!
40 魔薬
41 臨界点
42 絶望～青い果実の散花～
43 美しき獲物たちの学園 明日菜編
44 淫内感染～真夜中のナースコール～
45 MyGirl
46 面会謝絶
47 偽善
48 美しき獲物たちの学園 由利香編
49 せ・ん・せ・い
50 sonnet～心かさねて～
51 リトルMyメイド
52 flowers～ココロノハナ～
53 サナトリウム
54 はるあきふゆにないじかん
55 プレシャスLOVE
56 ときめきCheck in!
57 散櫻～禁断の血族～
58 Kanon～雪の少女～
59 セデュース～誘惑～
60 RISE
61 虚像庭園～少女の散る場所～
62 終末の過ごし方
63 略奪～緊縛の館 完結編～
64 Touchme～恋のおくすり～
65 淫内感染2
66 加奈～いもうと～

67 PILE・DRIVER
68 Lipstick Adv.EX
69 Fresh!
70 脅迫～終わらない明日～
71 うつせみ
72 Xchange2
73 M.E.M.～汚された純潔～
74 Fu・shi・da・ra
75 絶望～第二章～
76 Kanon～笑顔の向こう側に～
77 ツグナヒ
78 ねがい
79 アルバムの中の微笑み
80 ハーレムレーサー
81 絶望～第三章～
82 淫内感染2～鳴り止まぬナースコール～
83 螺旋回廊
84 Kanon～少女の檻～
85 夜勤病棟
86 使用済～CONDOM～
87 真・瑠璃色の雪～ふりむけば隣に～
88 Treating2U
89 尽くしてあげちゃう
90 Kanon～the fox and the grapes～
91 もう好きにしてください
92 同心～三姉妹のエチュード～
93 あめいろの季節
94 Kanon～日溜まりの街～
95 贖罪の教室
96 ナチュラル2 DUO 兄さまのそばに
97 帝都のユリ
98 Aries
99 LoveMate～恋のリハーサル～

〈パラダイムノベルス新刊予定〉

☆話題の作品がぞくぞく登場！

134. CHAIN 失われた足跡

ジックス　原作
桐島幸平　著

　東雲武士は都会の暗部を己の才覚のみで渡りきる敏腕探偵だった。しかし高校時代の同級生鞠絵に依頼された浮気調査が、意外な殺人事件へと発展していく。事件解決の手掛かりは!?

135. 君が望む永遠 上巻

アージュ　原作
清水マリコ　著

　孝之は柊学園で親友の慎二や水月と共に、楽しい毎日を送っていた。水月の紹介から遙という少女と出会い、やがて付き合い始めることに。だがふたりの関係が親密になり始めた頃に、遙が交通事故に遭い…。

1月

143.魔女狩りの夜に

アイル　原作

南雲恵介　著

中世ヨーロッパ風の小さな田舎町に、新しい神父が赴任してきた。しかし彼には信仰心などなく、むしろ神を憎悪さえしていた。そしてその立場を利用し、町の女たちに魔女の嫌疑をかけ、凌辱を繰り返すが…。

144.憑《つ》き

ジックス　原作

布施はるか　著

健全な生活を送る洋介に突然「悪意」という名の魔物が取り憑いた。穏やかだった彼の性格は豹変し、母親や姉を獲物と見なし凌辱してゆく。酷い行為だと分かっていながら、自分の意志では止められず…。

2月